EROBERT VOM WILDEN WOLF

GEHEULTE LIEBE

GRACE GOODWIN

Erobert vom Wilden Wolf: Copyright © 2020 durch Grace Goodwin

Alle Rechte vorbehalten. Dieses Buch darf ohne ausdrückliche schriftliche Erlaubnis des Autors weder ganz noch teilweise in jedweder Form und durch jedwede Mittel elektronisch, digital oder mechanisch reproduziert oder übermittelt werden, einschließlich durch Fotokopie, Aufzeichnung, Scannen oder über jegliche Form von Datenspeicherungs- und -abrufsystem.

Herausgegeben von Grace Goodwin unter KSA Publishing Consultants Inc.
Goodwin, Grace
Erobert vom Wilden Wolf

Coverdesign: Copyright 2020 durch Grace Goodwin,
Bildnachweis: Canstockphoto.com:arturkurjan, Depositphotos.com: lightfoot, zacariasdamata

Anmerkung des Verlags:
Dieses Buch ist für volljährige Leser geschrieben. Das Buch kann eindeutige sexuelle Inhalte enthalten. In diesem Buch vorkommende sexuelle Aktivitäten sind reine Fantasien,

geschrieben für erwachsene Leser, und die Aktivitäten oder Risiken, an denen die fiktiven Figuren im Rahmen der Geschichte teilnehmen, werden vom Autor und vom Verlag weder unterstützt noch ermutigt.

WILLKOMMENSGESCHENK!

TRAGE DICH FÜR MEINEN NEWSLETTER EIN, UM LESEPROBEN, VORSCHAUEN UND EIN WILLKOMMENSGESCHENK ZU ERHALTEN!

http://kostenlosescifiromantik.com

1

ily

In meinen Ohren surrte der seltsame leise Ton, den ich immer dann hörte, wenn ich beobachtet wurde. Das bewog mich dazu, jeden Rückspiegel zu überprüfen und auf hundertfünfzig zu beschleunigen. Und das war bescheuert. Hier war doch niemand. Wo auch immer *hier* war. Ich war über tausend Meilen von zu Hause entfernt, in einem fremden Auto. Idaho war so weit von East Springs, Tennessee entfernt, wie ich nur kommen konnte, ohne die dichtbevölkerte Westküste zu erreichen. Die kam für mich nicht in Frage. Zu viele Menschen. Zu viel Wasser.

Ich hätte nie gedacht, dass ich einmal von zu Hause flüchten würde, nicht mit einundzwanzig. Aber genau das tat ich gerade. Nein, nicht von zu Hause, sondern vor *ihm*. Robert Nathanial Howard *der Dritte.*

„Arschloch." Ich griff nach dem Radioknauf und drehte die Lautstärke ordentlich nach oben, um meine Erinnerungen zu übertönen. Oh, er hatte mich nicht vergewaltigt, aber er war ganz schwerhörig geworden, als ich Nein sagte, dass er aufhören solle, dass ich das nicht wollte. Er hatte langsamer gemacht, sich zurückgezogen und mich angeguckt, als würde ich irgendwie nicht die Wahrheit sagen. Irgendeinen

Schwachsinn darüber gefaselt, dass er doch meine Veränderung riechen konnte. Als wäre ich eine konfuse Dreizehnjährige, die gerade erst in die Pubertät kam.

Scheiß drauf. Er hatte es mir nicht abgekauft, bis ich ihm sagte, dass mein Großvater ihn umbringen würde. Das hatte gesessen. Sein Schwanz war verschrumpelt und er hatte sich schneller von mir runtergerollt, als er vor einem Feuer davongelaufen wäre.

In East Springs hatte jeder Angst vor meiner Familie, besonders vor meinem Opa. Eine eigenartige Angst. Aber ich stellte nicht allzu viele Fragen. Großvater war der Anführer im Dorf, und so wars nun mal. So war es immer schon gewesen. Meine Mutter war nicht mehr da, hatte mich mit ihm alleine gelassen. Wir hatten es nicht groß mit Umarmungen und Zärtlichkeiten. Scheiße, er war ein distanzierter, kalter alter Mann mit eisblauen Augen und einem

Temperament, das ich lieber nicht reizte. *Niemand* hier wollte das.

Und schlimmer noch, in seiner Nähe waren die Erinnerungen an meine Mutter stark, und das tat weh. Da ich ihr sehr ähnlich sah, nahm ich an, dass es ihm ähnlich erging. Nachdem sie vor ein paar Jahren gestorben war, nun, da waren Opa und ich uns ziemlich aus dem Weg gegangen. Aber keiner von uns musste lange nach Dingen suchen, die uns an meine Mutter erinnerten. Wir brauchten nur in den Spiegel zu sehen, und ihre eisblauen Augen starrten direkt auf uns zurück.

Aber Opa war immer für mich da, ob ich es wollte oder nicht. Er hatte das Sagen in der Stadt und bildete sich ein, dass er auch das Sagen in meinem Leben hatte. Selbst hier, tausend Meilen weit entfernt, würde er Wege finden, mich im Auge zu behalten. Das war einfach seine Art. Also hatte er natürlich davon gehört, dass Robbie mir ein wenig zu aufdringlich geworden war. Dabei hatte ich es keiner Menschenseele erzählt.

In East Spring fanden Pärchen schon sehr jung zueinander. Zu jung, meiner Meinung nach. Die meisten Frauen waren schon Hals über Kopf in Lust verfallen, bevor sie neunzehn waren. Das war Wahnsinn. Irgendwie war es mir gelungen, das zu vermeiden. Bis jetzt. Obwohl, wenn es nach Robbie ging, dann wären wir ein Pärchen geworden, ob ich wollte oder nicht. Ich würde aber nicht nur deswegen mit einem Kerl zusammen sein, weil er sich mir erfolgreich aufgedrängt hatte.

Nicht, dass Robbie ein furchtbarer Mensch war. Er war umwerfend gutaussehend, wie bei den Männern in meiner Heimatstadt generell üblich. Fast zwei Meter groß mit scharfen Gesichtszügen, Muskeln überall, und Augen, die direkt in mein Innerstes blickten. Aber für mich war er nichts. Ich wusste zwar nicht, was ich genau wollte, aber er war es mit Sicherheit nicht.

Schon seit meinem sechzehnten Geburtstag fühlte ich mich beobachtet, als würde der Rest meiner Familie nur darauf warten, dass irgendeine Hormonbombe in mir platzte und mich zu einer sexbesessenen Irren machte, wie es ein paar meiner jüngeren Cousins und Cousinen passiert war. Vielleicht hätte Robbie dann bessere Chancen gehabt. Vielleicht wäre ich so notgeil gewesen, dass es mir egal gewesen wäre, mit wem ich beisammen war.

Ich hatte schon ein wenig mit Jungs rumgemacht, klar, aber ich hatte nie diese Lust verspürt, dieses Bedürfnis, von dem meine Freundinnen dauernd sprachen. Deswegen dachte ich schon, dass vielleicht etwas mit mir nicht stimmte. Ich mochte es ganz gerne, mit jemandem rumzumachen, aber das große Gehabe darum verstand ich nicht so recht. Bei Robbie hatte ich mir Mühe gegeben, richtig Mühe, aber als er mir die Zunge in den Mund schob, da musste ich würgen, und seine Hand auf meiner nackten Haut wollte ich nur wegwischen. Aber man sieht ja, was mir das eingebracht hatte.

„Ein blaues Auge und miese Laune." Ich sah mir den Schaden, den ich angerichtet hatte, im Rückspiegel an. Der blasse, gelbgrüne Bluterguss war inzwischen fast weg. Und die dünne Schicht Make-Up, die ich aufgetragen hatte, verbarg den Rest. Ich war dumm genug gewesen, blind in die Dunkelheit hinein zu rennen. Der Arzt hatte gesagt, dass ich Glück gehabt hatte, dass ich kein Auge verloren hatte. Robbie war betreten rumgestanden und hatte vor Wut gekocht. Und ja, es war offensichtlich gewesen, dass der Arzt mir nicht geglaubt hatte, dass ich mir das selbst zugefügt hatte. Er hatte gedacht, dass Robbie mich geschlagen hatte und ich meinen Freund in Schutz nahm.

Als würde ich das je tun. Aber es *hatte* sich gut angefühlt, Robbie ein wenig leiden zu lassen.

Außerdem sah ich mit ein wenig Make-Up immer noch gut aus, besonders jetzt, nachdem ich zwei Zeitzonen zwischen mich und den Schleimscheißer gebracht hatte. Die Sonne hatte ein wenig Farbe auf meine Wangen gezaubert. Das Funkeln in meinen Augen war nicht mehr nur Zorn, und ich fühlte mich frei. Glücklich.

Wenn ich getan hätte, was ich tun wollte, als Robbie mich begrabschte, dann würde ich inzwischen in einer Zelle sitzen. Zum Glück war ich sehr, sehr gut darin, mich zu beherrschen. Meine Mutter hatte mir das eingetrichtert, seit ich laufen konnte. *Eine Windbourn verliert niemals die Beherrschung.*

Solche Regeln gab es viele. Verlier nicht die Beherrschung. Sei in der Öffentlichkeit nicht auffällig. Lauf nicht so schnell. Kein Sport. Dies nicht. Das nicht.

„Geh nicht mit einem Mitglied der Familie Howard aus", fügte ich hinzu. Diese Regel hatte ich gebrochen, und nun musste ich ausbaden, wie wunderbar dieses kleine Abenteuer ausgegangen war.

Die Howards waren eine wohlhabende Familie, die weiter im Norden wohnte. Das kleine Dorf, in dem sie lebten, gehörte ihnen praktisch, ähnlich wie die Windbourns das Sagen in East Springs hatten. Und diese Rivalität zwischen den Howards und den Windbourns bestand schon, so lange ich denken konnte. Nein, viel länger, als ich auf der Welt war. Unsere High School hasste ihre, unser Bürgermeister hasste ihren. Es war ziemlich heftig, und ziemlich „typisch Kleinstadt". Und ich und Robbie? Das war wie Romeo und Julia gewesen...nur eben ohne Romeo und Julia. Dafür hatte ich schon gesorgt.

Ich fand die ganze Sache völlig lächerlich.

Klar, er war gutaussehend. Muskelbepackt, dunkle Haare, das Gesicht eines Gottes. Er hatte immer genau das Richtige gesagt und getan. Bis er mich unter sich hatte. Dann hatte etwas in mir losgebrüllt, aber nicht aus Leidenschaft.

So etwas hatte ich noch nie empfunden, vorher oder nachher. Und ganz ehrlich, meine heftige Reaktion machte mir höllisch Angst.

Ich hatte ihn umbringen wollen. Und das auch noch auf unschöne Art, so richtig mit Augen ausstechen und Kehle rausreißen.

Eine riesige Überreaktion auf einen Kerl, den ich in mein Bett *eingeladen* hatte. Das hatte ich teilweise getan, um mich zu testen, da ich es leid war, den Ruf einer frigiden Hexe zu haben. Und teilweise als Trotzreaktion auf meinen Großvater und seine Legion von Spitzeln, die mir seit dem Tod meiner

Mutter ständig nachstellten und mich beobachteten, als wäre ich eine tickende Zeitbombe.

Ich *wollte* Robbie wollen. Wirklich. Ich hatte mich so bemüht, aber es fühlte sich einfach nichts daran *richtig* an. Ich wollte, dass mein Herz raste. Ich wollte mich wild und leidenschaftlich und unbeherrscht fühlen. Ich wollte die Leidenschaft, von der meine Freundinnen immer sprachen, und von der ich wusste, dass sie mit dem richtigen Kerl auch passieren würde. Ich wollte das empfinden, und ich hatte gehofft, dass Robbie das sein würde. Es wäre so einfach gewesen.

Bäh. Er war ganz in Ordnung gewesen. Mit ihm rumzumachen, war ganz in Ordnung gewesen. *Ganz in Ordnung.* Aber die ganze Zeit über hatte ich über meine Bewerbung für das Lewiston and Cooke College nachgedacht und mich gefragt, ob sie mich wohl annehmen würden. Ob der Cousin meines Vaters immer noch in dem kleinen Städtchen in Idaho lebte. Robbie hatte mich berührt, geküsst, sein Körper heiß und hart, und mich mit vollem Gewicht ins Bett gedrückt, und ich hatte darüber nachgegrübelt, wie ich wohl im Mathe-Aufnahmetest abgeschnitten hatte.

Und das war einfach nur daneben.

Ein Hase schoss auf die Straße hinaus, sah mich näherkommen und huschte zurück in den tiefen Wald, der direkt am Straßenrand aufragte. Das riss mich aus meinen Gedanken. Ganz in Ordnung. Ich wollte kein „ganz in Ordnung". Ich wollte mehr. Ich wollte *alles*. Schweiß auf der Haut, stockenden Atem, heiße Berührungen, sanftes Streicheln, geflüsterte Worte. Blendende Lust. Irgendwo da draußen gab es das, gab es ihn. Ich legte meinen Finger an die fast verheilte Wange. Nur war es eben nicht Robbie gewesen, und nicht East Springs.

Mein Rückgrat kribbelte, und ich bekam eine Gänsehaut, trotz der Hitze der Sonne, die durch die Bäume herunterschien. Ich hatte das Cabrio-Dach weggeklappt, und meine dunklen Haare flatterten wild hinter mir. Die Sonne briet auf meiner Haut, aber mir schauderte, und ich bildete mir ein, ich hätte einen Schatten neben mir herlaufen sehen. Im Wald direkt an der Autobahn.

Aber das war doch völlig unmöglich. Oder? So schnell konnte doch nichts laufen.

Ängstlich, und mich deswegen ziemlich dämlich fühlend, bremste ich auf einhundertzwanzig runter und war erleichtert, als ich einen Wegweiser nach Black Falls sah. Noch fünf Meilen. Das hieß etwa fünf Minuten, bis ich endlich aus diesem Auto konnte, die Beine ausstrecken, mir ein Hotel suchen und schön lange und heiß duschen.

Rums. Rums. Rums.

„Was zum Teufel?" Das Lenkrad zuckte in meinen Händen, und ich musste es gut festhalten, damit das Auto nicht von der Straße schlitterte und direkt in den Wald hinein krachte.

Ich nahm den Fuß vom Gas und lenkte sachte an den Straßenrand, wobei sich das Auto durchgehend gegen mich wehrte. Als ich schließlich zum Stillstand kam, atmete ich ein paar Sekunden lang durch, bis mein Herzschlag sich beruhigt hatte. Ich stieß einen Schwall von Flüchen aus, stieg aus und ging ums Auto.

Der rechte Vorderreifen war platt wie ein Pfannkuchen, und ich hatte sicher schon zehn Minuten lang kein anderes Auto mehr gesehen. Ich war mitten im Nirgendwo.

„Scheiße, Scheiße, Scheiße!" Für das hier war ich wirklich nicht in Stimmung. Klar, ich konnte einen verdammten Reifen wechseln, aber ich hatte ein leuchtend rosa Sommerkleid an und brandneue weiße Sandalen. Dazu passend frisch manikürte Finger- und Zehennägel in grellem Pink, und ich wollte nicht öl- und dreckverschmiert in meine neue Heimatstadt, zu einer neuen Uni und in ein neues Leben, einrollen.

Ich stemmte die Hände in die Hüften und suchte die Straße in beide Richtungen ab. Nichts.

Ich beugte mich über die Beifahrertür ins Auto und schnappte mein Handy aus dem Becherhalter.

Nö. Null Empfang. Ich blickte mich um und sah nur Bäume. Endlose Bäume. Kein Empfang hieß auch, dass ich mir keinen Abschleppwagen gönnen konnte, selbst wenn ich es gewollt hätte.

Und mein Ersatzreifen war im Kofferraum vergraben, unter so ziemlich allen meinen irdischen Besitztümern.

Ich warf das Handy auf den Beifahrersitz, drehte mich herum und lehnte meinen Hintern an die Autotür. „Das darf doch nicht wahr sein."

Ich würde nicht weinen. Auf keinen Fall.

Eine Windbourn zeigt niemals öffentlich Schwäche. Nicht weinen, Schatz. Niemals, niemals weinen, wo dich jemand sehen kann.

Heilige Scheiße. Wie oft hatte ich meine Mutter das sagen hören?

Scheinbar oft genug, denn das Stechen der Tränen war sofort vertrocknet. Mit einem tiefen Seufzer ging ich ums Auto, zog die Schlüssel aus dem Zündschloss und öffnete den Kofferraum. Wenn ich schon das ganze Auto auspacken musste, dann konnte ich auch gleich damit anfangen.

„Etwas Hilfe gefällig?"

Die Stimme war tief, männlich, und durchfuhr mich wie ein elektrischer Schlag. Ich erschrak und schlug mir den Kopf am offenen Kofferraumdeckel an, dann drehte ich mich langsam auf dem Absatz herum und blickte dort auf den schärfsten Mann, den ich je gesehen hatte.

Er war bestimmt über zwei Meter groß, mit goldbraunen Haaren und bernsteinfarbenen Augen, die mich mit Laserfokus anblickten. Er gaffte nicht, sondern blickte mir direkt in die Augen. Irgendwie machte das aber keinen Unterschied. Ich hatte das Gefühl, dass er auch so jeden Zentimeter von mir in sich aufnahm, ohne auch nur mit den Augen über meinen Körper zu wandern.

„Ich, äh, habe einen Platten." Ich versuchte, um ihn herum zu blicken, aber ich sah weder Auto noch Motorrad. Was hatte er gemacht? War er hier raus gelaufen? „Wo ist Ihr Auto?"

Er lachte, und ich stellte fest, dass ich zurücklächelte. Er steckte sich die Hände in die Hosentaschen seiner Jeans und stand lässig da. „Gleich hinter diesem Hügel liegt ein Fischteich." Er deutete mit dem Kinn nach hinten. „Ich habe Ihr Radio gehört, und dann den Reifen platzen. Dachte mir, Sie könnten ein wenig Hilfe gebrauchen."

Oh. Verdammt. Er hatte gehört, wie ich Taylor Swift rausgedröhnt hatte?

Ich spürte, wie meine Wangen rosa anliefen, aber dagegen konnte ich rein gar nichts tun. Und meine Mutter hatte mir nie Windbourn-Regeln über Musik mitgegeben.

„Ich kann Ihnen den Reifen wechseln. Oder ich kann meinen Cousin Drake anrufen, und er kann rauskommen und Sie abschleppen."

„Hier ist kein Empfang", platze ich hervor.

Seine wendige, muskulöse Gestalt steckte in einem Paar gut abgetragener, gut geformter Jeans. Sie lagen eng an seinen Hüften und seinem Hintern an, und auch seiner...ähm, recht großen Ausstattung. Als mir klar wurde, dass ich diejenige war, die gaffte, zuckte mein Blick hoch an seinen flachen Bauch, seine breite Brust und die noch breiteren Schultern. Ein schlichtes schwarzes T-Shirt dürfte eigentlich gar nicht so gut aussehen. Und seine Arme, in denen die Muskeln spielten, und die großen Hände auch nicht.

Große Hände bedeuteten—

„Also, haben Sie einen Wagenheber?", fragte er.

Ich blickte ihm ruckartig in die Augen und sah, wie die Mundwinkel an seinen vollen Lippen leicht nach oben wanderten. Oh ja, er hatte mich dabei erwischt, wie ich ihn anstarrte, und meine Wangen hatten inzwischen wohl die gleiche Farbe wie mein Kleid.

Während ich den Kopf schief legte und überlegte, trat er vor und streckte mir seine Hand hin. Ich hätte schwören können, dass einen klitzekleinen Moment lang seine bernsteinfarbenen Augen dunkelbraun wurden. „Ich heiße Kade."

Ich wusste, dass ich solche Fantasien nicht haben sollte, aber ich wollte seine Haut spüren. Wollte sehen, wie groß seine Hand im Vergleich zu meiner war. Ich wollte, dass er mich berührte, und fragte mich, ob ich mich bei ihm vielleicht sogar klein und feminin fühlen würde. Irgendwie beschützt. Ich legte meine Hand in seine, und es war, als würde mein ganzer Körper mit einem Brüllen zum Leben erwachen.

Diese Hormonbombe, von der alle glaubten, dass sie bald platzen würde?

Boom.

„Lily... Lily Windbourn."

2

ade

Verdammte. Scheiße. Eine Windbourn? Hier? Im Black Falls-Revier?

Kein Wunder, dass ich mich von ihr angezogen gefühlt hatte, den inneren Drang gehabt hatte, einem Auto hinterherzulaufen, das am Rand des Nationalparks entlangfuhr. Ich hatte sie mühelos riechen können, und das war kein Wunder. Sie saß in einem verdammten Cabrio. Pfirsich-und-Vanille-Shampoo und noch etwas, das ich nicht definieren konnte. Etwas, das sie einzigartig machte.

Langes, dunkles Haar fiel ihren Rücken hinunter, vom Wind ganz zerzaust. Ihre Wangen waren sonnengebräunt, ihre Lippen voll, und ich wollte sie küssen. Und ihre Augen. Scheiße, ihre Augen waren so blass, so lebendig. Ich sah darin eine Mischung aus Sorge und Neugier. Sie war an mir interessiert, aber ohne ihren Geruch, ohne dass ich eine neue Note von Erregung aufnehmen konnte, würde ich mir nicht sicher sein können. Ihr Wolf zeigte sich jedenfalls nicht. Oh nein, denn wenn das so wäre, dann hätte ich sie inzwischen über ihre Motorhaube gebeugt, ihr Kleid hochgeschoben und mein Schwanz tief in ihr versenkt.

Ich wollte heulen. Mein Wolf begehrte sie, trat sogar einen Moment lang an die Oberfläche. Verdammt, ich wollte sie. Wollte sie berühren und schmecken und hören, wie sie meinen Namen flüsterte, während ich sie mit meinem...

Aber klar doch. Das würde ich mir nicht antun, nicht mit ihr. Ich musste mir eine Hand über den Schwanz halten, um meine Reaktion vor ihr zu verbergen. Meine Lust. Unvermitteltes Brennen. Den Drang, sie zu beißen, zu markieren, sie an mich zu reißen. Und das war es mehr oder weniger auch. Es war intensiv, mächtig. Dieses Begehren, sie zu nehmen, sie an mich zu binden, brüllte mir im Kopf, bis es mir ganz schön schwer fiel, mich auf den Small Talk zu konzentrieren.

Was zum Teufel? Klar, ich hatte mich schon öfters zu Frauen hingezogen gefühlt, konnte ihr Interesse riechen, aber so war es noch nie gewesen. Nein, ich konnte Lily fast schon schmecken. Mir lief das Wasser im Mund zusammen bei dem Gedanken daran, genau das auch zu tun. Ihre Lippen, und tiefer unten auch. Ihre Nippel, die sich durch den dünnen Stoff ihres rosa Kleides deutlich abzeichneten. Und noch weiter unten, an dem süßen Punkt, an dem ihre Oberschenkel zusammentrafen.

Ja, ich wollte die Pussy einer verdammten Windbourn lecken. Die Windbourns waren die mächtigste Werwolffamilie im Osten, verdammt, vielleicht sogar auf der ganzen Welt. Was hatte sie hier zu suchen? Das hier war Black Falls-Revier. Wir hatten die Kontrolle über diesen Bereich des Landes. Was zum Teufel hatte sich ihr Alpha dabei gedacht, sie alleine hierher zu schicken? Hatte sie überhaupt die Erlaubnis, hier zu sein? Oder würde es ein ganzes Hornissennest an Ärger aufwirbeln, sie in die Stadt mitzunehmen?

Das war eine dämliche Frage.

Natürlich würde sie haufenweise Ärger aufwirbeln. Sie roch himmlisch, mächtig und süß und reif dafür, gepflückt zu werden. Es war ein Glück, dass ich sie zuerst gerochen, zuerst gefunden hatte. Sobald andere alleinstehende Männer in der Gegend das süße Pfirsich-und-Vanille-Aroma erst einmal aufgenommen hatten, würde ich mit meinem Interesse nicht mehr alleine sein. Was bedeutete: wenn ich das Recht erwerben wollte, sie im Mondlicht an mich zu nehmen, für sie zu sorgen, mich um ihre Lust zu kümmern, während ihr Körper die beinahe grausame Lust eines Erwachens durchlitt, dann würde ich wahrscheinlich dafür kämpfen müssen würde.

Als selbst dieser Gedanke meinen Wolf nicht abschreckte, wusste ich, dass ich ihr jetzt schon Hals über Kopf verfallen war. Verdammt.

Ich konnte sie nicht anrühren. Nicht

hier. Nicht jetzt. Die Regeln des Rudels besagten, dass ich sie in einer offiziellen Zeremonie in Besitz nehmen müssen würde, während alle anderen Anwerber ihr nahe waren und ihren Geruch und ihren Schutz anbieten konnten. Aber danach zu schließen, wie ihre Haut roch, und welches Interesse sie mir mit diesen eisblauen Augen entgegen sandte, würde ich schon bald genug meine Chance haben. Ihr Wolf war ruhig, aber das würde nicht lange so bleiben. Ich schätzte, dass ihre Zeit bald kommen würde. Schon richtig bald, nachdem schon mein Anblick ihren Körper zum Leben erweckt hatte. Dem Duft nach zu urteilen, den sie gerade verströmte, war ihr Höschen ruiniert. Mein Wolf freute sich darüber, denn sie zeigte eine klare Reaktion. Und wenn ihr Wolf erst hervorgetreten war? Dann würde sie mit mir spielen, und mit niemandem sonst. Besitznahme-Zeremonie hin oder her.

„Wohin sind Sie unterwegs?", fragte

ich in der Absicht, ihre Augen auf mein Gesicht zu lenken und weg von meinem pochenden Schwanz. Keine Frage, wenn sie hinguckte, würde sie die dicke Beule unter den abgetragenen Jeans erkennen können.

„Black Falls. Ich fange nächste Woche an der Uni an, am Lewiston and Cooke College."

Mein Wolf beruhigte sich, glücklich darüber, dass sie nicht nur auf der Durchreise war. Bereit, auf den richtigen Zeitpunkt zu warten, um sie an mich zu reißen. Ich hatte noch nie zuvor eine Frau markieren wollen, und der Drang war mächtig. Mein Kiefer war schmerzhaft angespannt und meine Reißzähne taten weh. Sie würde nur ein paar Meilen weit weg an der Uni sein. Ich hatte Zeit. Ich konnte über sie wachen, sie vor Unheil beschützen—und vor anderen alleinstehenden Wölfen—bis sie bereit war. Bis ich sie mein Eigen machen konnte.

Mein Eigen? Wo zum Geier war der Gedanke hergekommen?

Der Wolf in mir lachte auf und ließ sich in wachsamer Haltung nieder. *Meins. Meins. Meins.* Der Werwolf in mir hatte einen einfachen Verstand, mehr von Instinkt als von Logik gesteuert. Und ja, er hatte fest vor, sie an sich zu reißen. Er wollte sie. Keine Fragen, kein Bullshit. Das war der Weg der Wölfe. Ich hatte schon davon gehört, hatte mir von Freunden erzählen lassen, wie es sich anfühlte, seiner vorherbestimmten Gefährtin zu begegnen, aber nun...

Gefährtin? Hatte ich sie gedanklich gerade als Gefährtin bezeichnet?

„Verdammt noch mal."

„Was denn?" Sie erschrak über meinen Ausbruch, und ich schüttelte mich hastig und entschuldigte mich.

„Oh, nein. Es tut mir leid. Das war nicht an Sie gerichtet. Sehen wir zu, dass wir Ihren Reifen gewechselt bekommen, damit Sie bald in die Stadt können, Lily." Ich sprach zum ersten

Mal ihren Namen und konnte es gar nicht erwarten, ihn wieder und wieder auszusprechen, während ich mich bis zu den Eiern in ihrem Körper versenkte und meine Markierung an ihren Hals setzte.

3

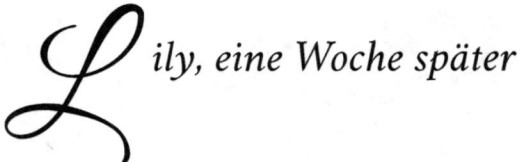*ily, eine Woche später*

Ich spürte seine Hände auf mir, seine Lippen, das Reiben seines dicken Schwanzes an meinem Bein. Mein Rücken streckte sich durch, als Küsse auf meinem Bauch landeten. Tiefer und tiefer, bis ich meine Schenkel spreizte. Ich tat das, ohne dass ich dazu aufgefordert werden musste. Ich wollte ihn dort. Ich war feucht und es war alles nur für ihn. Ich wollte, dass er wusste, wie sehr ich mich nach ihm sehnte, dass ich bereit war. Ich wollte diesen Schwanz tief in mir, mich dehnen, mich füllen. Ich wollte, dass er tief in mir kam, mich buchstäblich mit seinem Samen benetzte. Mich markierte. Mich in Besitz nahm. Ich wollte nach ihm riechen.

„Ja", raunte ich. „Bitte."

Es störte mich nicht, zu betteln. Ich *brauchte* es.

Es war nicht sein Schwanz, der über meine heißen Furchen glitt, sondern seine Zunge. Er wusste ganz genau, was er tat, und ganz genau, was ich brauchte. Und als er mir über den Kitzler schnalzte, da kam ich. Einfach. So.

„Ja!", schrie ich erneut, doch diesmal öffnete ich die Augen und blickte in die Dunkelheit meines Studentenzimmers. Spürte die kalte Nachtluft auf meiner verschwitzten Haut. Zitterte von den Nachbeben des Orgasmus, der noch in meinem Körper nachhallte. Es war nicht der Kopf eines Kerls zwischen meinen Schenkeln gewesen, sondern meine Finger. Ich war alleine in meinem Zimmer. Gott sei Dank, denn ich hatte einen irre intensiven Sextraum gehabt.

Mein weißes Nachthemd war auf die Hüften hochgeschoben, meine Schenkel gespreizt, die Beine im Laken verheddert. Oh ja, hätte ich eine Zimmergenossin bekommen anstatt meines Einzelzimmers, dann würde die wohl denken, dass ich eine sexbesessene Nymphomanin war.

Tja, bisher war ich das ja nicht gewesen. Bis Black Falls nicht. Gott, in dem Augenblick, als ich in meinem Studentenzimmer angekommen war, war ich zu einem notgeilen Durcheinander mutiert. Nein, das war nicht der Zeitpunkt gewesen. Es war in der Sekunde passiert, als Kade am Straßenrand erschienen war. Ich hatte mich sofort zu ihm hingezogen gefühlt, und selbst, mich zum Kommen zu bringen, linderte mein Sehnen nicht. Es wurde nur noch schlimmer, und ich wurde langsam verrückt.

Er war jeden Abend vorbeigekommen, hatte mich zum Essen ausgeführt, mir die Tür aufgehalten und sich rundum wie der perfekte Gentleman verhalten. Aber im Moment wollte ich keine Ritterlichkeit. Ich wollte, dass er mich gegen die nächste Mauer drückte und mir das Hirn rausfickte. Das hatte noch niemand getan. Scheiße, bisher hatte ich das noch nicht mal gewollt. Aber seit mir Kade begegnet war? Waren meine Nippel ununterbrochen hart, und meine BHs wetzten an den zarten Spitzen. Meine Pussy tropfte wie ein verdammter kaputter Wasserhahn. Ich hatte schon mehrere Höschen ruiniert. Ich war schon so verrückt, dass ich bei jeder sanften Brise, die durch mein offenes Fenster ins Wohnheim hereinkam, dachte, ich konnte ihn riechen. Ich hatte mich gestern zweimal selbst berühren müssen, hatte die Tür verschlossen, mich dagegen gelehnt und mir die Hand in die Shorts gesteckt.

Und das war nicht mal das erste Mal gewesen. Nachdem mir Kade geholfen hatte, meine Sachen aufs Zimmer zu tragen, und mich mit einem flüchtigen Lächeln und einem feurigen Blick zurückgelassen hatte, hatte ich mir das Sommerkleid hochheben und mich an der Bettkante sitzend zum Kommen bringen müssen.

Ich wollte Sex. Ich *brauchte* es. Und in jeder einzelnen meiner Fantasien war Kade vorgekommen. Ich dachte, dass ich vielleicht nur den Verstand verlor, aber dann hatte ich die anderen Kerle in meinem Wohnheim gesehen und verspürte... gar nichts. Viele von ihnen beäugten mich genauso, wie Kade das getan hatte, als wollten sie mich auf der Stelle auffressen.

Und so, wie ich mich verhielt, konnte ich ihnen das nicht verübeln. Es war, als könnten sie spüren, wie wild ich mich fühlte, und glaubten, dass sie mich nur ein wenig ermuntern mussten, und ich würde drum betteln. Gott, es war, als hätte ich ein grelles Neonschild auf der Stirn, auf dem *Ich bin so notgeil, fick mich jetzt gleich* stand.

Ich schob mir das Nachthemd wieder über die Beine hinunter, aber meine Finger waren klebrig von meinen Säften. Ächzend stand ich auf, schnappte mir einen Morgenmantel und machte mich auf dem Weg raus auf den Flur zum Badezimmer. Ich hatte zwar ein Einzelzimmer, teilte mir aber mit allen anderen auf dem Stockwerk ein Gemeinschaftsbad.

Ich machte das Licht in meinem Zimmer nicht an. Das brauchte ich gar nicht. Das Licht des Vollmondes tauchte mein spartanisches Zimmer in hellen Schein. Ich hatte auch gute Augen und konnte im Dunkeln recht gut sehen, immer schon, auch als kleines Mädchen. Andere Kinder hatten sich Nachtlichter gewünscht und Spielsachen, die im Dunkeln leuchteten. Aber ich musste mir die Decke über den Kopf ziehen, damit es finster genug war, dass ich einschlafen konnte.

Ich öffnete die Tür zum Korridor und keuchte auf. Dort im Strahl der Leuchtstoffröhren stand Robbie.

„Hallo, Lily", sagte er. „Ich konnte leider alles mitanhören." Er holte tief Luft. Und nochmal. Mit einem dunklen Leuchten in seinen Augen, das ich noch nie gesehen hatte, beugte er sich näher an mich und drückte fast seine Nase in meine Schulter. Ein Zittern lief über seine Haut, als er sich wieder aufrichtete, als hätte er gerade einen elektrischen Schlag bekommen.

Ich wich einen halben Schritt zurück. *Schnüffelte* er etwa an mir?

„Ähm." Mehr sagte ich nicht. Er hatte was mitangehört? Mich, wie ich in meinem Sextraum schrie, als ich kam? Das war peinlich. Ich mied seinen Blick, aber als er nichts weiter sagte, blickte ich hoch. Seine Augen. Sie waren nicht braun oder blau oder selbst grün. Nein, sie waren golden. Ein ganz eigenartiges Gold. „Was machst du hier, Robbie? Wie hast du mich gefunden?"

„Mister Windbourn hat uns ausgeschickt, um dich zu finden, Lily. Du hättest ihm sagen sollen, dass du weggehst. Es ist gefährlich."

Das schüttelte mich aus meiner Verlegenheit, und ich klammerte mich mit ein wenig Erleichterung an die Rage, die mich durchflutete. Alles war besser, als sich vor ihm hilflos und schwach zu fühlen. „Ich bin erwachsen. Ich brauche für überhaupt nichts seine Erlaubnis."

Er lachte, ein hartes Geräusch, das ich so noch nie von ihm gehört hatte. Es verdrehte mir meine Nervenstränge zu Bretzeln, bis mein ganzer Körper sich anfühlte, als stünde er am Rand einer Explosion. „Du bist so naiv, Schätzchen. Natürlich brauchst du Erlaubnis. Die Benson-Brüder warten im Auto. Pack deinen Scheiß zusammen. Du hast zehn Minuten."

Ich stemmte mich in den Boden und verschränkte die Arme. Ich hatte hart dafür gearbeitet, an diese Uni zu kommen. Ich hatte all ihre Formulare ausgefüllt, all ihre Tests gemacht, mich selbst um alle finanziellen Beihilfen gekümmert. Auf gar keinen Fall würde ich den Schwanz einziehen und nach Hause gehen, nur weil Robbie sich mit mürrischem Gesicht über mir auftürmte und zwei Handlanger meines Großvaters im Auto warteten. „Ich gehe nicht weg."

Sein Ausdruck wechselte zu etwas, das ich sehr wohl erkannte, und zwar Lust. „Es gibt eine zweite Option."

„Und zwar?"

„Wir bringen zu Ende, was wir in deinem Schlafzimmer angefangen haben." Er hob eine Hand an meine Wange, und sein Daumen streichelte zart über die Überreste des blauen Auges. Zum ersten Mal in all der Zeit wurde mein Körper von seiner Berührung heiß. Ich wollte ihn immer noch verprügeln, aber ich wollte plötzlich auch mit ihm schlafen. Nein, nicht schlafen. Meine Pussy pochte, obwohl ich wusste, dass ich nicht auf ihn stand. Dass ich an ihm als Mann nicht interessiert war, nur als...

Als was? Ich war nicht der Typ für Sex ohne Bindung.

Aber vielleicht doch?

„Tut mir leid wegen dem Doktor", raunte ich. Meine Schuldgefühle traten an die Oberfläche, und zwar scheinbar zusammen mit jeder anderen Emotion, die ich in meinem Leben je empfunden hatte. Ich war völlig durcheinander, mir wirbelte der Kopf, mein Körper war völlig außer Kontrolle. Ich wollte einfach nur jemanden haben, der das alles wegmachte, mich berührte und zum Kommen brachte, mich danach festhielt und mir sagte, dass alles gut werden würde.

„Das braucht dir nicht leid zu tun.

Lass mich reinkommen, und ich werde mich gut um dich kümmern." Seine Stimme war ruhig und tief und sanft, als wüsste er bereits, dass er gewonnen hatte. Und vielleicht hatte er das ja. Meine Brüste waren schwer, mein Herz raste. Irgendetwas stimmte nicht mit mir, und seine nächsten Worte bestätigten mir das. „Du brauchst Berührungen, nicht wahr? Brauchst es, gefüllt zu werden. Du brauchst so zirka ein Dutzend mehr Orgasmen, Schätzchen, und ich kann sie dir geben."

Seine Finger streichelten über meine Unterlippe, und es verlangte mir erhebliche Willenskraft ab, nicht mit der Zunge darüber zu lecken und ihn zu schmecken. Ich wich noch ein wenig weiter zurück und legte meine Hand an den Türknauf. Sein Angebot wirkte gleichermaßen verführerisch und abstoßend auf mich. Ich wollte nicht *ihn*, aber auf jeden Fall *wollte* ich.

Ich schüttelte den Kopf. Ich war kein hirnloses Tier. Ich war keine läufige

Hündin. Wenn ich mit jemanden schlafen würde, dann bestimmt *nicht* mit Robbie von daheim. Oder den dämlichen Benson-Brüdern. „Nein. Verzieh dich. Geh nach Hause und sag Großvater, er soll mich in Ruhe lassen."

Ich knallte die Tür zu, schob den Riegel vor und wich zurück.

Sein Seufzen war laut, so laut in meinen Ohren, dass ich zusammenzuckte. „Das kann ich nicht tun, Lily. Du brauchst mich, brauchst meine Küsse und Berührungen, und dass du mir gehörst." Seine Hand musste flach an die Tür gepresst gewesen sein, denn ich hörte das Gleiten seiner Handfläche über das Holz, während er sprach. Ich stellte mir vor, dass er stattdessen mich berührte. „Du brauchst mich, Baby. Ich warte schon so lange darauf. Es ist Zeit, dass wir zusammenkommen. Lass mich rein, und ich verspreche dir, ich werde dafür sorgen, dass du es nicht bereust."

Er hatte recht. Ich brauchte, aber

nicht ihn. Ich brauchte *jemanden*, und das jagte mir höllische Angst ein. Warum nur hatte ich das Bedürfnis, ihn mit beiden Händen zu packen, in mein Zimmer zu zerren, mir das Nachthemd hoch zu zerren und ihn anzuflehen, mich zu nehmen? Warum wollte ich, dass er mich über mein Bett beugte und sich in mir versenkte, so hart und schnell er nur konnte?

Scheiße. Irgendetwas stimmte nicht mit mir, und zwar zutiefst. Hatte mir jemand Drogen untergejubelt? Meine Haut tat weh, richtig weh, so sehr wollte ich berührt werden. Ich rieb mir mit den Händen über die Arme, um den Nacken herum und durchs Haar, um mich ein wenig selbst zu beruhigen. Aber das brachte nichts. Nichts wirkte.

Schlimmer noch. Meine Augen taten weh, und obwohl ich kein Licht angemacht hatte, konnte ich alles in meinem Zimmer klar sehen. Das war noch normal. Aber jetzt konnte ich sogar die kleinen Beschriftungen auf der Packung meiner Lieblingskekse am anderen Ende des Zimmers lesen. Ich konnte die Schmutzwäsche riechen, die im Wandschrank versteckt war, und das Putzmittel mit Kiefernduft, das sie im Badezimmer am Ende des Flurs verwendet hatten. Ich wusste, ohne mich groß anstrengen zu müssen, dass die zwei Studenten im Zimmer gegenüber zum Abendessen Salami-Pizza mit Oliven gehabt hatten.

Ich konnte es *riechen*. Alles.

4

ily

„Lily?" Robbie klopfte noch einmal an die Tür. Es war so leise, dass ich es eigentlich gar nicht hören können sollte. Konnte ich aber. Ich konnte das Blut in meinen Adern rauschen hören, hörte die Insekten in den Wänden krabbeln. Winzige Beinchen, millionenfach, die energisch krabbelten und kreuchten.

„Lily? Alles wird gut. Ich kann dein Herz rasen hören. Hab keine Angst. Aber lass mich zu dir rein. Alles wird gut, das verspreche ich dir."

Nein. Nichts war gut. Mir ging es nicht gut. Und er ging einfach nicht weg. Er wollte mich nackt sehen, und ich wollte, dass er das tat. Und das verstörte mich mehr als alles andere.

Ich schrak auf, als er versuchte, am Türknauf zu drehen, und rannte an die abgelegene Seite meines Bettes.

„Lily!", rief er.

Ich trat ans offene Fenster und blickte in die Dunkelheit hinaus. Der Mond schien auf die Bäume. Meine Seite des Studentenheimes führte auf einen weiten, offenen Park hinaus, und dahinter lag das Wald-Naturschutzgebiet. Hier im untersten Geschoss konnte ich nicht weiter sehen als bis dorthin, aber ich wusste, dass der Wald sich über viele Meilen erstreckte. Irgendetwas zog mich hinaus, sagte mir, dass ich aus dem

Fenster klettern und in die Nacht hinausziehen sollte.

Und dann sah ich den Grund dafür. Eine große Gestalt, sein weißes Hemd fast blendend hell unter dem Mondlicht. Ich wusste, wer es war, konnte ihn so deutlich sehen, als wäre es taghell. Meine Nippel schmerzten und mein Kitzler pochte, während ich mich an seinem dunklen Haar und den vollen Lippen ergötzte. Er trug die gleichen eng anliegenden Jeans wie immer, aber er sah irgendwie wilder aus. Sein Haar stand hoch, als wäre er gerade mit den Fingern durchgefahren.

Ich wollte mit *meinen* Fingern durch sein Haar fahren. Nein. Vergiss es. Ich wollte einfach ihn. Mit Haut und Haaren.

Kade.

Wenn meine Optionen waren, in meinem Zimmer zu bleiben und mich weiterhin gegen Roberts Annäherungen zu wehren, oder etwas völlig Irres zu tun? Dann wusste ich, was ich zu tun hatte.

Ich setzte meine Hände an den Fensterrahmen, schob das Fliegengitter zur Seite, kletterte durch die breite Öffnung, holte tief Luft und sprang.

5

ade

Sie kletterte aus dem Fenster, und ihr weißes Nachthemd leuchtete geradezu und flatterte ihr um die Schenkel. Sie rannte auf mich zu, mit schnellem Tempo, mit geschmeidigen Bewegungen. Sie erreichte mich, und ich wollte sie berühren, sie küssen, aber sie hielt nicht an, zerrte nur an meinem Handgelenk.

„Wir müssen hier weg. Sofort."

Ich hörte die Hektik in ihrer Stimme, roch ihre Erregung. Sie wurde immer stärker, was bedeutete, dass ihre Zeit bald kommen würde. Ich blickte zu ihrem Wohnheim zurück und sah die Silhouette eines Menschen in ihrem Fenster stehen, gerade, als wir den Waldrand erreichten.

„Wer ist das?"

„Später. Ich werde alles erklären, versprochen, aber wir müssen jetzt weg!"

Sie gehörte mir, und sie war bei mir, also ließ ich es gut sein…vorerst. Dann rannten wir los, aber unter meiner Führung. Ich kannte den Wald wie meine Hosentasche. Wusste, wohin wir mussten, damit sie sicher war.

„Wir sollten wandeln." In Wolfsform vor Gefahr zu fliehen war sicherer als in Menschengestalt. Wandelte sie noch nicht? Konnte sie es nicht? Ein Gedanke flitzte durch meinen Kopf. Wusste sie überhaupt, dass sie ein Wolf war?

Scheiße, das hieß—

„Was wandeln?"

Als ich nicht antwortete, redete sie weiter.

„Er ist mir nachgekommen", sagte sie mit keuchender Stimme. Ich wurde langsamer, um mich an ihre kleineren Schritte anzupassen. „Er ist mir den ganzen Weg von zu Hause her gefolgt."

„Wer ist er?" Es hatte keine wirkliche Bedeutung, abgesehen davon, dass er jemand war, den sie nicht sehen wollte. Jemand, vor dem sie Angst hatte. Vor dem sie lieber aus dem Fenster klettern würde, um ihm zu entkommen.

„Robert. Er ist mir aus Tennessee gefolgt und hat zwei Schlägertypen meines Großvaters mitgebracht. Die sind mir den ganzen Weg von East Springs nachgefahren."

Ein Wolf—denn das musste er sein—war ihr quer durchs ganze Land nachgereist? Das war keine große Überraschung. Ich hatte ihren Geruch vorhin im Wald aufgespürt und dieser Geruch hatte mich zu ihr gerufen, geradezu wie ein Magnet. Es würde dem Wolf ein Leichtes gewesen sein, ihr zu folgen. Besonders, wenn er sie gut kannte. „Zwei Schlägertypen?"

Sie lachte, aber es lag keine Freude darin. „Babysitter. Einer der Gründe, warum ich davongelaufen bin." Ihr Lachen wurde zu einem Seufzen, und sie lief langsamer, bis sie stehenblieb. „Einer der vielen Gründe, warum ich von zu Hause weg bin. Seit dem Tod meiner Mutter ließ mich Großvater rund um die Uhr von diesen Kerlen überwachen. Ich meine, gut, ich bin aus einer kleinen Stadt, aber das ist lächerlich. Ich bin keine drei Jahre mehr alt. Ich brauche keine Aufpasser."

Aber das tat sie. Sie wusste es nur nicht. Nicht, dass das einen Unterschied machte. Nicht mehr. Sie gehörte nun zu mir. Zu mir, und wenn die Idioten, die ihr nachstellten, versuchen sollten, sie mir wegzunehmen, dann würde ich ihnen die Gurgel rausreißen und per

Eilboten an Lilys Großvater zurückschicken.

„Es sind die Leute deines Großvaters?"

„Ja."

„Alle drei?"

Sie biss sich in die Lippe und wandte den Blick ab, und eine Röte überzog ihre Wangen. „Einer von ihnen war mal mein Freund, aber ich will ihn nicht." Ihr entzückendes Stirnrunzeln wandelte sich zu Verwirrung, und als ich sah, wie aus Verwirrung Angst wurde, nahm ich sie in die Arme und hielt sie fest, drückte sie an mich, damit ihr Wolf wissen konnte, dass ich da war. Sie sprach weiter. „Ich wollte ihn bisher noch nie. Aber ich glaube, etwas stimmt nicht mit mir."

„Mit dir ist alles in Ordnung." Ich strich ihr mit der Hand den Rücken auf und ab, um sie zu beruhigen. Zorn tobte in mir, während sie in meinen Armen dahin schmolz. Aber sie zu halten, derjenige zu sein, an den sie sich gewandt hatte, fühlte sich perfekt an und so richtig. Bisher hatte ich immer nur aus Instinkt gelebt, ein einsamer Wolf, der seinem Alpha als Vollstrecker diente. Aber jetzt? Alles außer ihr war egal, und um diese Wahrheit herum kam mein Innerstes zur Ruhe. Sie war wie die Schwerkraft. Ich hinterfragte ihr Dasein in meinem Leben nicht, oder ihre Bedeutung. Sie gehörte einfach...zu mir.

Wie kam es, dass ihr nie gesagt worden war, was sie war? Es kam vor, dass manche Kinder nicht genug Wolfsblut in sich trugen, um zu wandeln. Solche Leute verbrachten ihr ganzes Leben in Ahnungslosigkeit über ihren genetischen Hintergrund. Aber Lily war die Enkelin des Windbourn-Alpha. Die Chancen, dass sie kein voller Wolf werden würde, waren—nun—so gut wie null. Sie hätte eingeweiht werden sollen.

Es hätte kein sicheres Versteck für sie gegeben. Die Wölfe, die sie jagen, konnten sie immer schon riechen. Und der eine, den ich in ihrem Fenster gesehen hatte? Der wollte sie für sich. Verdammt, jeder alleinstehende männliche Wolf in Black Falls würde in der Lage sein, sie zu riechen. Niemand konnte die reife Essenz, die sie verströmte, ignorieren. Reif dafür, in Besitz genommen zu werden, gefickt und gepaart.

Meine Eier sehnten sich danach, sie zu haben, mit ihr zu verschmelzen.

Mein Weibchen, heulte mein Wolf.

Oh ja, niemand würde sie bekommen außer mir. Aber es gab nur einen Weg, wie ich sicherstellen konnte, dass kein anderer Wolf sie je anfassen würde. Das Rudel von Black Falls und auch das Rudel aus Lilys Heimatstadt folgten den gleichen universellen Gesetzen.

Kein Vollstrecker kam ohne Erlaubnis ins Revier eines anderen Rudels.

Und das hieß, dass mein Alpha

wusste, dass die Windbourn-Wölfe hier waren. Und *das* hieß, er wusste, dass Lily hier war. Und das konnte für mich nur von Vorteil sein. Mein Alpha war kein Vollidiot. Und wenn einer seiner Vollstrecker mit einer Windbourn ein Paar bilden würde, würde das unser Rudel stärken. Er würde gegen mein Vorhaben keine Einwände haben.

Nun musste ich nur noch meine süße Gefährtin überzeugen.

Sie bebte in meinen Armen, aber entzog sich mir nicht. Nein. Ihre Arme legten sich nur noch enger um meine Taille. „Ich meine es ernst, Kade. Ich glaube, mit mir stimmt etwas nicht."

Ich zog sie zu Boden, damit wir uns gemeinsam neben einem Baum setzen konnten, wo das Moos dick und weich war. Ein perfektes Bett, um sie darauf zu nehmen. „Beschreib es mir", sagte ich, nahm ihre Hand, wollte die Verbindung spüren.

Sie blickte über ihre Schulter zurück. „Sollten wir nicht in Bewegung bleiben? Er wird mir folgen. Er folgt uns wahrscheinlich gerade in diesem Augenblick. Und er ist nicht alleine."

„Niemand wird dich anfassen, Lily", schwor ich und meinte es ernst. Sie suchte lange Sekunden in meinem Blick nach etwas, dann setzte sie sich endlich neben mich, und diese Handlung löste in mir den Drang aus, mir siegreich auf die Brust zu klopfen. Meins. Sie gehörte mir. Sie traute *mir*. Wollte *mich*. „Er kann uns so viel folgen, wie er möchte, aber er wird dich nicht anfassen."

Aber er würde folgen. Dieser *Robert*, vor dem sie so verängstigt davonlief, würde nicht aufgeben. Nicht, dass ich es ihm verübeln konnte, oder sonst einem der alleinstehenden Männchen in Black Falls. Wenn ich heute Nacht nicht ein halbes Dutzend Rivalen abwehren wollte, musste ich sie zur Besitznahme führen. Ich hatte keine Wahl. Aber erst würde ich ihr zuhören. „Erzähl mir alles", forderte ich sie nochmals auf.

„Robert. Er stammt aus East Springs. Wir waren ein Paar. Sind miteinander gegangen. Oder so." Sie zupfte am Moos, blickte durch ihre Wimpern hindurch zu mir hoch. Obwohl der Mond vom dichten Blätterdach verborgen war, konnte ich sie deutlich sehen. Ihre blassen Augen, ihr rundes Gesicht, die vollen Lippen. Selbst die harten Spitzen ihrer Nippel durch das dünne, weiße Nachthemd.

Meine Zähne fuhren bei dem Anblick hervor, aber ich drängte meinen Wolf zurück. Ich würde sie in Besitz nehmen, aber noch nicht jetzt. Ich musste warten, die Regeln befolgen. Sie beschützen, sowohl mit meinem Körper als auch mit den Gesetzen des Rudels. Ich musste warten, aber nicht allzu lange. Der Mond würde schon bald an seinem Höhepunkt stehen. Ein paar Stunden noch, dann würde sie für immer mir gehören.

„Er wollte mich. Er sagte, dass er auf

den richtigen Zeitpunkt gewartet hatte."

Ein Schnauben entfuhr mir bei dieser neuen Information. Ich wusste ganz genau, worauf er gewartet hatte, und zwar darauf, dass Lily vor Lust und Begierde so außer sich war, dass ihr Wolf die Frau zwingen würde, ihn zu akzeptieren. Er musste sie wohl heftigst begehren, um ein solches Risiko einzugehen.

Denn sobald das Erwachen vorüber war und sie wieder bei Sinnen war? Nun, niemand kam gegen eine zornige Werwölfin an. Sie hätte ihn wahrscheinlich umgebracht, und er hätte es verdient gehabt. Wenn man zu ihrer erblühenden Kraft noch dazuzählte, dass sie eine Windbourn war, dann musste ein Wolf, der hinter ihr her war, entweder so verliebt in sie sein, dass er von Sinnen war, oder völlig verzweifelt.

„Was hat er getan? Hat er dir wehgetan?" Ich würde ihn umbringen.

„Nein. Aber er wollte in mein Zimmer kommen. Ich steh nicht mal auf ihn, aber ich... ich habe ihn weggestoßen und bin geflohen."

Ich konnte ihre Erregung riechen, aber sie war nun mit Angst vermischt, und einer nachhallenden Wut, die mir bitter auf der Zunge lag.

Sie zuckte mit den Schultern. „Das ist die Kurzfassung. Ich habe nicht wirklich Lust, ins Detail zu gehen. Aber er ist hier, und nach dem, was er alles gesagt hat, wird er nicht wieder abhauen."

Ich spannte mich an. „Was hat er denn gesagt?"

Sie leckte sich über die Lippen, und ich unterdrückte ein Stöhnen. „Dass er mich riechen konnte." Sie drehte den Kopf zur Seite und schnüffelte leicht. Nein, sie hatte keine Ahnung, dass sie ein Wolf war. Ich seufzte leise, als mir klar wurde, dass es nun meine Aufgabe war, ihr zu erklären, was sie war und warum Robert hinter ihr her war.

Warum ich sie begehrte. Warum jeder verdammte Mann in der Gegend sie wollen würde.

Und ihr von der Besitznahme-Zeremonie erzählen, die sie für immer an mich binden würde.

„Und...und er wollte...wollte mich küssen und berühren. Er schwor, wenn ich ihn einließe, würde er..."

Nur zu gut konnte ich mir vorstellen, was er gesagt hatte, und schlimmer noch, was er gedacht hatte. Es waren die gleichen Gedanken, die ich gerade hatte. Mit meiner Zunge über ihre Haut zu fahren, ihre Nippel zu schmecken, und dann tiefer zu wandern, an ihre süße Pussy, und mich daran zu sättigen. Zu hören, wie sie aufschrie, wenn ich sie dazu brachte, wieder und wieder die Kontrolle zu verlieren, bevor ich mich bis zu den Eiern in ihr versenkte und sie für immer an mich band. Da musste ich knurren, und Lily erschrak. Ich hob eine Hand an ihr Gesicht und konnte nicht widerstehen, meine Handfläche über ihre Wange in ihren Nacken zu schieben und in ihrem Haar zu vergraben. „Ich bin auf ihn wütend, nicht auf dich. Niemals auf dich. Aber du gehörst nun mir, Lily. Ich werde nicht zulassen, dass er dich anfasst."

Sie blinzelte langsam und lehnte sich in meine Berührung. Ich konnte sehen, wie sie um Worte rang, die Sinneslüste unterdrückte, die um das Kommando über ihre Gedanken und ihren Körper kämpften. Ihr Wolf war nahe, stand kurz davor, auszubrechen und endlich frei zu laufen, wenn Lily ihn nicht beherrschte. Wenn der Wolf nicht unter Kontrolle gebracht werden konnte, würde Lily den Verstand verlieren, oder Schlimmeres. Sie brauchte mich, würde das dominante Wesen meines Wolfes brauchen, um ihr zu helfen, die Beherrschung zu bewahren.

Ich sehnte mich schmerzlich danach, sie zu küssen, aber ich wagte es nicht.

Wenn ich erst damit anfinge, würde ich nicht aufhören können. Ich gab mich damit zufrieden, mich näher an sie heran zu beugen und meine Stirn an ihre zu lehnen. Sie seufzte, ein zarter Klang. „Warum ist er hier, Kade? Warum bist du hier? Warum renne ich im Nachthemd durch den Wald? Warum tut meine Haut...weh?"

Ich wusste, dass sie noch mehr Fragen hatte. Der Hunger danach, berührt zu werden, musste inzwischen stark sein, ihren Körper vor Begehren schmerzen lassen, und ihre Haut selbst würde sich nach Berührung sehnen. Ich konnte sie nicht nehmen, noch nicht. Aber ich konnte helfen, wenn ich stark genug war, der Versuchung zu widerstehen.

Ich lehnte meinen Rücken an den Baumstamm und zog sie in meinen Schoß. Die Hand in ihrem Haar ließ ich, wo sie war, um ihren Nacken gelegt, und ich schmiegte ihre Wange an meine Brust zu, direkt über meinem pochenden Herzen. Sie so zu halten fühlte sich natürlich an, richtig. Sie kam dort sofort zur Ruhe, schmiegte sich an meine Wärme, während ich meine freie Hand über ihren Rücken hoch und nieder streifen ließ, in einer tröstlichen Geste, so hoffte ich. Ich konnte nur hoffen, dass sie meinen Schwanz nicht spüren konnte, der dick und hart an ihre Seite gepresst war.

Ich war ein verdammter Heiliger. Hier saß ich und streichelte sie, dabei wollte ich nichts anders, als sie hier auf den Boden zu werfen und sie wund zu ficken, mit meinem Samen zu füllen und sie auf ewig an mich zu binden. Der Wolf in mir wollte das so sehr, dass ich bis Hundert zählen musste, bevor ich mit der Erklärung anfangen konnte.

„Deine Familie, die Windbourns, lebt schon sehr lange in Tennessee. Jahrhunderte."

Sie nickte, und ich war erleichtert darüber, dass sie ihre Familiengeschichte zumindest soweit kannte. Die Werwolfwanderung hatte schon begonnen, bevor die Unabhängigkeitserklärung unterzeichnet worden war.

„Sie stammt von einer langen Linie europäischer Adeliger ab, einer Familie, die von Horrorgeschichten, Flüchen und Legenden verfolgt war."

„Woher weißt du so viel über uns?", fragte sie.

„Meine Familie stammt aus derselben Gegend. Und wir alle leiden unter demselben, uralten Fluch."

6

ade

Lily erstarrte. „Meine Familie ist nicht verflucht."

„Hast du nie irgendwelche seltsamen Legenden gehört? Gerüchte über deinen Großvater?"

Ihr Schweigen war beinahe ohrenbetäubend, und ich wusste, was sie antworten würde. „Was denkst du, was er ist, Lily?"

Sie schauderte. „Mächtig. Streng. Jeder hat Angst vor ihm."

Da musste ich unweigerlich auflachen. Ich war völlig verblüfft darüber, wie wenig sie wusste. „Haben sie das? Bist du dir da so sicher? Gibt es nicht auch welche, die sich an ihn wenden, wenn sie in Schwierigkeiten stecken und Hilfe brauchen?"

„Ja. Das tut fast jeder, aber sie haben auch Angst vor ihm. Das spüre ich."

Wie zum Teufel sollte ich dieser wunderschönen Frau beibringen, dass sie ein Werwolf war? Sie würde es mir nicht glauben. Dann würde sie in Panik geraten und davonlaufen, und die Dinge würden von einem Augenblick zum nächsten furchtbar sein.

„Warum haben sie Angst vor ihm?" Ich strich über ihr seidiges Haar. „Schließ die Augen und sag mir die Wahrheit, egal, wie verrückt sie sich für dich anhört."

Sie schüttelte den Kopf und beugte sich zurück, um mich anzusehen.

„Nein. Sag es mir einfach. Mein ganzes Leben lang haben die Menschen um mich herum schon dieses riesige Geheimnis, und es macht mich wahnsinnig. *Sag es mir* einfach. Ich bin es leid, die einzige zu sein, die die Wahrheit nicht kennt. Ist er in der Mafia? Ein Serienmörder? Ein Alien? Was?"

„Er ist ein Werwolf, Lily. Vielleicht der mächtigste Alpha auf der Welt. Und du bist seine Enkelin. Blutsverwandt oder adoptiert?"

Ihr Mund klappte auf, und ich sah ihre ebenmäßigen weißen Zähne. „Blutsverwandt. Meine Mutter war seine Tochter." Sie sprach die Worte langsam, und ich war erleichtert, dass sie meine Behauptung nicht sofort abwies.

„Er ist ein Werwolf, aus einer langen Blutlinie von Wölfen. Und du bist mit ihm verwandt, bist sein Blut und Mitglied seines Rudels. Du bist auch ein Werwolf. Sie warten nur alle darauf, dass dein Wolf heranreift und zum Vorschein kommt."

Sie war eine Minute lang still, studierte mich, den Tonfall in meiner Stimme, das Gefühl meiner Hände, selbst den Rhythmus meines Herzens.

„Und darauf hat Robbie gewartet? Dass mein Wolf erwacht?" Ihre blassen Augen trafen auf meine.

Ich nickte. „Ja. Ein weiblicher Werwolf kann nicht zur Gefährtin genommen werden, bis ihr Wolf der Paarung zustimmt."

„Das ist verrückt." Sie verneinte meine Worte, aber sie bewegte sich nicht. Ihr Verstand konnte das Ausmaß dieser Wahrheit noch nicht fassen, aber tief im Inneren kannte sie die Wahrheit. Ihr Wolf kannte sie, und blieb daher ruhig. „Woher würde er wissen, dass mein innerer Werwolf plötzlich erwacht? Das ist doch lächerlich."

„Kannst du nicht spüren, wie sie sich in dir bewegt? Die Hitze, das Begehren nach Berührung, die Lust, die so stark ist, dass du nicht denken kannst? Das bist nicht du, das ist sie."

Ich spürte, wie sie schauderte, und nicht aus Ekel.

Ich fuhr ihr mit der Hand durchs Haar, aber nach diesem ersten Zittern in ihrem Körper war es, als würde ich eine Statue berühren. Sie war kalt und reglos, während sie verarbeitete, was ich gesagt hatte. „Die meisten weiblichen Wölfe erwachen in den späten Teenager-Jahren. Bei manchen, wie bei dir, braucht es länger. Aber diesen Ruf nach Paarung kann man nicht leugnen, der Duft einer Wölfin, die läufig ist, ist nahezu unwiderstehlich."

„Läufig?" Sie kletterte umständlich aus meinem Schoß, richtete sich auf und funkelte mich an. Sie sah im Mondlicht so wunderschön aus. Das Nachthemd zeigte mehr, als es verhüllte, ihr Haar war wie ein dunkler Vorhang. Ihre Augen weit offen und wild. „Läufig? Wie eine Hündin vielleicht?"

Ich richtete mich langsam auf, um sie nicht zu erschrecken. „Robert hat darauf gewartet, dass du bereit bist, Lily. Er hat auf diesen Moment gewartet, um seinen Anspruch geltend zu machen, da er wusste, dass du geneigter sein würdest, ihn anzunehmen."

Sie funkelte mich an, aber ihr Blick wirkte verletzt. Und diese Verletztheit wollte ich wegküssen. „Sagen wir mal, ich glaube dir dieses Werwolf-Zeug. Ich bin nicht bescheuert. Ich habe Dinge gesehen, Gerüchte gehört. Ich sollte wohl inzwischen schreiend davonlaufen, aber ein Teil von mir weiß, dass es die Wahrheit ist."

Erleichterung durchflutete meine Adern. Sie wusste es. Tief drin, und sie erreichte allmählich ein Verständnis dafür, was sie war. Und das hieß, dass sie mich akzeptieren konnte.

„Ich werde dich niemals anlügen,

Lily. Das verspreche ich dir." Ich trat einen Schritt näher an sie heran, aber sie wich zurück.

„Was ist mit dir, Kade? Woher weiß ich, dass du nicht ganz genauso bist wie Robbie? Bin ich für dich denn etwas anderes? Oder auch nur ein läufiges Weibchen, das zum Ficken bereitsteht? Bin ich auch zu notgeil, um zu dir Nein zu sagen?" Sie krümmte sich und schlang sich ihre Arme um den Bauch, während sie noch weiter zurückwich.

„Nein." Ich ließ meinen Wolf hervorblitzen, ließ die Bernsteinfarbe meiner Augen durch meinen Wolf dunkler werden. „Ich bin ganz anders als Robbie. Ich bin dein vorbestimmter Gefährte. Ich würde dafür sterben, dich zu beschützen, und dafür töten, dich zu besitzen. Du gehörst mir, und ich gehöre dir. Selbst wenn du es leugnest, dein Wolf weiß es. Sie wird darum kämpfen, mit mir zusammen zu sein. Sie wird verzweifelt und bedürftig sein, Lily. Nach Berührung hungern, nach ihrem Gefährten. Nach *mir*. Warum, glaubst du, bist du aus deinem Fenster geklettert und zu mir gelaufen? Warum sehnst du dich nachts nach mir? Oh, sie wird einen anderen akzeptieren, wenn du mich verweigerst, aber sie will mich... genauso wie du." Ich hielt ihrem Blick stand bei diesen letzten Worten, denn ich wollte, dass sie wusste, dass ich die Wahrheit sprach. „Und ich will dich, Lily. Ich wusste, dass du zu mir gehörst, in dem Augenblick, als ich damals am Straßenrand deine Hand berührte."

Sie schüttelte den Kopf, und ihr Haar wirbelte um ihre blassen Schultern. „Das ist doch verrückt."

„Ich weiß." Diesmal streckte ich ihr meine Hand hin, ließ ihr die Wahl. Ich würde sie zu nichts zwingen, das konnte ich nicht. In ihren eisblauen Augen tanzten feurige Funken, und die Kraft der Wölfin war in ihr erwacht. Ich konnte das hektische Klopfen ihres Herzens hören, den scharfen Duft ihres

Begehrens riechen. Ich sehnte mich schmerzhaft nach der Gelegenheit, sie zu schmecken. Sie zu sättigen. „Komm mit mir, bitte. Lass dich von mir berühren. Lass dich von mir küssen, Lily. Ich begehre dich so sehr, dass ich kaum atmen kann. Sei mit mir zusammen. Wähle mich. Heute Nacht findet eine Besitznahme-Zeremonie statt. Wenn ich dich dort an mich binde, dann wird Robbie dir nie wieder nahekommen. Keiner von ihnen wird das. Nicht einmal dein Großvater kann dich dann noch erreichen."

„Warum nicht?"

Ich schloss mit langsamer Bewegung die Distanz zwischen uns und umfasste mit beiden Händen ihr Gesicht, denn ich musste sie berühren. Sie halten, wenn auch nur ein klein wenig. „Weil du mir gehören wirst."

Sie blickte mir in die Augen. „Und das möchtest du? Mich in Besitz nehmen?"

„Ja. Ich will dich, Lily. So sehr, dass

es weh tut." Mein ganzer Körper war angespannt wie ein Bogen, bis sie nickte.

„In Ordnung. Ich will dich auch." Sie leckte sich über die Lippen. „Was bedeutet das? Eine Besitznahme-Zeremonie?"

„Du wirst dem Alpha des Rudels vorgestellt. Er wird dich fragen, ob du der Besitznahme-Zeremonie zustimmst. Sobald du einwilligst, wirst du an einen heiligen Ort im Wald gebracht und ich komme dich holen."

„Und was dann?" Sie wusste es. Ich konnte es in ihren Augen sehen, aber sie musste es von mir hören.

„Dann werden wir zusammen sein." Ich beugte mich hinunter und flüsterte ihr den Rest ins Ohr, denn ich konnte nicht länger in ihre eisblauen Augen starren und mich beherrschen. „Ich werde dich überall küssen, dich dazu bringen, dass du meinen Namen schreist. Und dann werde ich dich nehmen, dich ficken, bis du es nicht mehr aushältst, bis du um Erlösung flehst, bis du ganz genau weißt, wem du gehörst."

„Ja." Ein Schauder fuhr durch sie hindurch und dann in mich, ihre Nippel verhärteten sich zu steifen Spitzen, die sich in meine Brust bohrten, ihre Atemzüge wurden kurz und schnell, und ihre Erregung sättigte den Wind wie das süßeste Parfüm. Mein Schwanz schwoll so stark an, dass er gleich platzen würde, und ich verbiss mir ein schmerzvolles Stöhnen. Diese Frau, meine Frau, brachte meinen Verstand in Gefahr, meine vielen Jahre des eisernen Willens und der Selbstdisziplin.

In diesem Moment, meine Nase in ihrem Hals vergraben, verlor ich beinahe die Beherrschung. Sie war nackt unter ihrem Nachthemd. Ich zog mich zurück, um der Versuchung zu widerstehen, sie dort zu küssen, aber das war ein Fehler. Ihr wunderschönes Gesicht war vom Mondlicht erhellt, und sie blickte mich mit absolutem und restlosem Vertrauen an. Ich senkte meine Lippen zu ihren, konnte keinen weiteren Augenblick mehr warten.

Ein Zweig knackte hinter mir und riss mich aus meinen Gedanken, und Lily klammerte sich an mich. Wir waren umzingelt, und ich verfluchte mich dafür, so sehr in meiner neuen Gefährtin versunken gewesen zu sein, dass es ihnen gelungen war, sich heranzuschleichen. Es hätte schlimmer kommen können. Ich wusste, dass der Wolf, der in den Bäumen verborgen war, aus reiner Freundschaft ein Geräusch gemacht hatte. Er stand im Wind, war tödlich lautlos, und nicht alleine.

„Wir müssen jetzt weg, Lily."

Sie wand sich aus meinen Armen, als fünf Wölfe aus dem Wald traten und uns umringten. Sie presste ihren Rücken an mich, und ich legte ihr die Hände auf die Schultern. „Es ist in Ordnung. Das sind Freunde."

Es war eine kleine Notlüge. Vier von ihnen kannte ich. Einer war mir fremd, aber an dem Hass, den ich in seinen Augen sah, erkannte ich, dass es Robbie sein musste. Der Werwolf, der meiner Lily quer über den Kontinent gefolgt war, um sie an sich zu nehmen. Aber sie gehörte mir. Der einzige Weg, über den er sie nun noch bekommen würde, führte über meine Leiche.

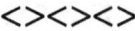

LILY, ZWEI STUNDEN SPÄTER

Die kalte Nachtluft strich sanft über meine überhitzte Haut und ließ winzige Dampfwirbel von meiner Haut aufstiegen wie kleine Gespenster, die im Mondlicht tanzten. Ich war nackt unter der Robe, von der mir erklärt worden war, dass sie für die traditionelle Besitznahme Brauch war.

Sie war strahlend weiß und durchscheinend, und fiel in seidigen Wogen zu meinen Füßen. Sie war ganz offensichtlich dafür gedacht, jedes anwesende männliche Wesen damit zu reizen, meinen Körper erahnen zu können. Sie überließ nicht viel der Fantasie, aber da ich sie nicht lange anbehalten würde, machte ich mir nicht weiter darüber Gedanken.

Gott, das hier war verrückt.

Ich stand in der Mitte einer kleinen Lichtung und zerrte an den Fesseln um meine Handgelenke. Sie gaben um nichts nach. Ich konnte davonlaufen, aber ich konnte nirgendwo hin. Mich nirgendwo verstecken. Und schlimmer noch, ich hatte diesem Wahnsinn bereits zugestimmt. Der Alpha von Black Falls, ein Mann namens Warren Somerset, war ein älterer Mann, knappe sechzig, mit einem Brustkorb wie ein Fass, massiven Armen und dunklen grauen Augen, die mir direkt in die Seele zu starren schienen.

Mein Opa hatte solche Augen, eisblau zwar, aber mit dem gleichen starren *halte mich bloß nicht zum Narren-*Blick. Und als ich ihm vorhin vorgestellt worden war, während ein unwirscher Robbie ein paar Schritte entfernt stand und Kade an meiner Seite, da hatte ich den Drang verspürt, auf die Knie zu gehen und mich vor ihm wie vor einem König zu verneigen.

Nein, kein König. Ein Alpha. Und der Wolf in mir wusste das.

Ich war auf den Beinen geblieben, aber ich hatte das Gefühl, dass das nur daran lag, dass ich trotz allem eine Windbourn war und meine Loyalität weiterhin meinem Rudel zu Hause bei meiner Familie galt, den Leuten, mit denen ich großgeworden war. Mir war bis zu jenem Augenblick nicht bewusst gewesen, wie tief diese Verbindung in mir verwurzelt war. Die Kraft dieser Bande half mir, auf den Beinen zu bleiben, selbst als Kade und die anderen sich neben mir hinknieten. Nur Robbie und ich blieben stehen, und das selbstgefällige Lächeln auf seinem Gesicht verriet mir, dass er den Grund kannte. Ich hatte das Gefühl, dass er auf meine Loyalität zu meinem Großvater zählte, zu unserem Zuhause, und darauf, dass das meine Entscheidung beeinflussen würde.

Aber Robbie irrte sich. So sehr. Mein Heimatort war mir egal, und auch das nicht existente Mitgefühl meines knorrigen alten Opas. Ich wollte nur von einem Wolf berührt werden... und der war nicht hier.

Die Versammlung war vor über einer Stunde zu Ende gewesen. Ich war von den Frauen davongeschleppt worden, gebadet und zurechtgemacht, bis ich schreien wollte.

Und hier stand ich nun, von Fremden umringt, und ich konnte meinen Körper immer noch nicht dazu bringen, das einzige vertraute Gesicht unter ihnen zu begehren. Inzwischen war mir klar, dass das daran lag, dass weder ich noch mein Wolf ihn begehrten.

Männerstimmen wogten schwer durch die nächtliche Brise. Ich fühlte mich wie ein Jungfrauenopfer—pah! Ich war doch eines—und nur eine weitere Frau war in Sicht, die mir helfen konnte. Sie hatte bereits einen Partner und war daher für keinen der herumwandernden Männchen von Interesse, außer vielleicht für ihren Gefährten, der irgendwo in der Nähe sein musste. Aber ich war nicht alleine hier. Es gab noch andere Wölfinnen, die heute Nacht in Besitz genommen werden würden, aber ich hatte erst eine kennengelernt. Alana. Sie stand neben dem Alpha des Rudels und wartete darauf, bis sie an der Reihe war, von einem Werwolf in Besitz genommen und gefickt zu werden. Aber sie kannte die Regeln und wusste, was Sache war.

Ich war die Glückliche, die als erste drankam.

„Bist du bereit?", fragte sie. Sie trat

an mich heran, einen langen Stoffstreifen aus schwarzer Seide in den Händen—noch so ein Zeremonien-Ding—mit dem sie mir die Augen verbinden würde. Ich war mir nicht sicher, ob es mich beruhigen würde, nichts sehen zu können, oder ob ich in Panik darüber geraten würde, dass ich nicht sehen konnte, wie all diese Männchen mich umkreisten und um mich kämpften—war ich denn so begehrenswert? Alanas Hände zitterten stärker als meine.

„Nein." Ich schüttelte den Kopf und suchte die versammelte Menge alleinstehender Männchen ab. Wo war Kade? Er war der einzige, an dem ich interessiert war, und von dem ich angefasst werden wollte. In Besitz genommen. *Gefickt.* Alana, die aus Black Falls stammte und mit dem Wissen aufgewachsen war, dass diese Nacht irgendwann kommen würde, hatte mir erklärt, dass viele aus benachbarten

Rudeln hier waren, um eine Gefährtin zu finden.

Und nun wusste ich ja, warum ich im Dunkeln so gut sehen konnte. Der Wolf in mir konnte jeden Mann so klar sehen, als wäre es Mittag und nicht knapp vor Mitternacht. Sie beobachteten mich mit Lust und Begierde in ihren Augen, und atmeten tief. Nahmen meinen Duft auf, und auch den der anderen gefährtenlosen Weibchen, der in der Luft lag. Sie knurrten einander an wie Hunde, die sich um einen Knochen stritten, und da ich als erste dran war, war ich dieser Knochen. „Ich kann das nicht. Das ist doch verrückt. Wo ist Kade?"

Alana legte ihre kühlen Finger um meine gefesselten Hände und drückte sie, um mir Zuspruch zu spenden. „Keine Sorge. Ein guter Mann wird dich für sich beanspruchen. Ein Mann, der es diesen Schwächlingen nicht gestatten wird, dich anzufassen."

Ich dachte an Kade. Sein dunkles

Haar, seine vollen Lippen. Die breiten Schultern, den intensiven Blick. Gott, alles an ihm machte mich scharf, ließ mich schmerzen vor Sehnen. Und mein Wolf raste beinahe in meinem Inneren. Er hatte mich gehalten, mir zugehört, und ich hatte mich beschützt gefühlt. Umsorgt. Aber als sein Blick sich auf meine Lippen gesenkt hatte und er mir gesagt hatte, was er mit mir anstellen wollte, da hatte ich mich gewollt gefühlt. Begehrt.

War er irgendwo dort draußen? Ich konnte ihn nicht sehen, ihn nicht erahnen, wie ich es gekonnt hatte, als ich aus dem Fenster meines Wohnheims geblickt hatte. Ich hatte... Erleichterung und Freude zugleich verspürt bei seinem Anblick. Als würde ich nach Hause kommen. Er hatte gesagt, dass ich seine Gefährtin war, und mein Wolf hatte sich bei dem Gedanken stolz aufgerichtet. Ich hatte mich kaum noch mit ihm unterhalten, aber ich wusste es. Er *war* mein

Gefährte, und doch konnte ich ihn nirgendwo sehen. Würde er mich hier alleine lassen? Zulassen, dass mich jemand anders für sich beanspruchte? Das würde er nicht tun. Er würde das gar nicht *können*, wenn er wirklich mein Gefährte war.

Alana tätschelte mir die Hand und riss mich aus meinen Gedanken. Sorgenvollen Gedanken. Ich schätzte die Bemühungen meiner neuen Freundin, mich zu beruhigen, aber ich war nicht überzeugt. Was, wenn etwas schief ging? Mein innerer Wolf—und das war es, was mich laut Kade nun antrieb, da ich läufig war—wollte ihn, aber was, wenn das ein Irrtum war? Was, wenn es sich herausstellte, dass Kade nicht anders war als Robert? Was, wenn ich ihn am Ende gar nicht wollte? Was, wenn ich nur läufig war, nicht besser als ein dämlicher Pudel?

7

ily

Mein Wolf stupste meine Gedanken an. Sagte mir, dass ich mich irrte, dass ich Kade wollte. Dass er der Richtige für mich war. Für uns. Gott! Ich hatte einen Wolf in mir. Ich schüttelte den Kopf in permanenter Fassungslosigkeit, aber hier war ich nun, so gut wie nackt inmitten einer ganz ernsthaften wölfischen Paarungs-Zeremonie.

„Erklär mir noch einmal, warum das mit mir passiert", sagte ich zu Alana. Sie verstand sofort. Sie hatte ihr ganzes Leben lang gewusst, dass sie ein Gestaltwandler war. Sie schenkte mir ein kleines Lächeln.

„Ich kenne deinen genauen Hintergrund nicht, aber wolfswissenschaftlich gesehen ist heute der erste Vollmond, nachdem du dein Alter des Erwachens erreicht hast."

Ich musste sie wohl komisch angeguckt haben, denn sie lachte.

„Bist du in den letzten paar Tagen so richtig heiß geworden?"

Ich nickte und wurde rot bei dem Gedanken daran, wie ich mich im Schlaf selbst zum Kommen gebracht hatte. Nur einmal, aber es war etwas völlig Neues gewesen.

„Das Alter des Erwachens ist Wolfssprache für den Zeitpunkt, an dem die wölfischen Teile in dir zum Leben erwacht sind", fuhr sie fort. „Du wirst schon bald in der Lage sein, deine

Gestalt zu ändern, aber du wirst einen Gefährten brauchen, der dir hilft, deinen Wolf unter Kontrolle zu bekommen. Die Gegenwart eines starken Alpha reicht schon aus. Aber bei Frauen ist es anders. Wir unterwerfen uns nur einem Männchen, und das ist für gewöhnlich unser Gefährte. Du wirst dich schon bald wandeln, Lily. Du bist alt genug, um in Besitz genommen zu werden und jemandem zu gehören, wie er auch dir gehören wird. Heute Nacht wirst du mit einem unserer alleinstehenden Männchen gepaart werden, und jener Mann hat bis zum Sonnenaufgang Zeit, dich davon zu überzeugen, ihn zu behalten. Du kannst dich weigern, ein paar haben das so gemacht. Erst letzten Monat sogar hat die Tochter des Alpha das Männchen abgewiesen, das versucht hatte, sie für sich zu beanspruchen. Es war das erste Mal in zwei Jahrzehnten gewesen, dass der

Anspruch eines Männchens abgewiesen worden war."

Ich zog überrascht die Augenbrauen hoch. Ich hatte keine Ahnung, ob das gut oder schlecht war, aber zumindest konnte ich Nein sagen, nicht wahr?

„Das Männchen, das dich beansprucht, wird dich mit seiner Kraft umwerben müssen, seiner Geschicklichkeit und seiner Berührung. Keine Worte sind erlaubt. Hier, trink das."

Alana hielt eine kleine Schale hoch, die ich mit gefesselten Händen entgegennahm.

„Was ist das?", fragte ich und schnüffelte daran. Es roch nach Tee.

„Ein Kräutergemisch, das unsere Heiler herstellen."

Ich setzte es mir an die Lippen, nahm einen Schluck, dann noch einen. Es war süß, wie gezuckerter Tee.

„Es sorgt dafür, dass kein Kind aus den Aktivitäten des Abends hervorgeht."

Oh. Mein. Gott. In all diesem Wahnsinn hatte ich mir über Babys überhaupt keine Gedanken gemacht. Ich nahm die Pille nicht, und verwendete auch sonst keine Verhütungsmethode. Ich nahm einen großen Schluck, um sicherzustellen, dass das Gebräu auch wirken würde. Gut. Ich wollte zwar Kinder haben, aber heute Abend wollte ich keines machen. Mit einem Fremden. Nein, selbst mit Kade wollte ich heute kein Baby zeugen. Ich musste ihn erst kennenlernen. Nicht nur mein Wolf, sondern ich.

„Du wirst die nächsten Stunden mit verbundenen Augen damit verbringen, von einem der scharfen Kerle verführt zu werden, die sich hier rumtreiben."

War doch keine große Sache, oder? Augen verbunden, Hände gefesselt, größtenteils nackt und dann gefickt. Oh ja. Eine Kleinigkeit.

Ich hätte völlig verängstigt sein

sollen, aber ich konnte nichts anderes tun als zu wünschen, dass Kade sich beeilte.

„Vertrau mir, sie können deine Hitze riechen, deine Erregung, und sie wollen dich." Sie blickte sich auf der Lichtung um, und ihre ruhige Bemessung der anwesenden Männer hatte etwas auf seltsame Weise Beruhigendes. Sie kannte diese Männer, war mit ihnen großgeworden. „Kade wird zu dir kommen, Lily. Und er wird sich gut um dich kümmern. Falls einer dieser Kerle das nicht täte, dann würde der von der Accalia beseitigt werden."

„Die Accalia?"

Alana lächelte, und in ihren Augen lag etwas Schelmisches. „Ja. Jedes Rudel hat einen Alpha, der das Sagen hat. Er ist verantwortlich für den Schutz des Rudels und dafür, dass die Männchen sich an die Regeln halten. Aber die Accalia ist die Matriarchin. Sie ist teils Rudel-Mutter, teils oberste

Rechtssprecherin. Ihr Wort ist Gesetz in allen internen Rudel-Angelegenheiten, Familienangelegenheiten. Wenn sie eine Verbannung oder eine Hinrichtung anordnet, zuckt niemand mit der Wimper."

Du liebe Scheiße. Wer war die Accalia meines Großvaters?

Meine Mutter. Das wusste ich mit einer Sicherheit, die mich stolz machte, und mit einem Mal machten verstohlene Blicke und verlegene Begegnungen im Supermarkt erheblich mehr Sinn. Und seit dem Tod meiner Mutter? Ich hatte keine Ahnung. „Sollte die Matriarchin nicht die Gefährtin des Alphas sein?"

Darüber musste Alana lachen. „Nicht unbedingt. Manchmal ist die Gefährtin des Alphas einfach zu nett. Ich meine, im Ernst. Kannst du dir vorstellen, dass du einen Tötungsbefehl aussprichst? Oder jemanden verbannst, den du schon dein ganzes Leben lang kennst?"

Nein, das konnte ich nicht. Ich neigte dazu, Scherben zu kitten und mir mehr Scheiß gefallen zu lassen, als streng gesehen gut für mich war. Daher auch eine Beziehungsgeschichte mit Robbie, die wesentlich länger gelaufen war, als sie sollte. „Wer ist eure Accalia?"

Alana lächelte. „Meine Schwester Sonia. Sie ist nur ein paar Jahre älter als ich, aber sie ist beinhart und lässt sich keinen Scheiß gefallen. Ich will sein wie sie, wenn ich groß bin." Sie zwinkerte mir zu, und ich lächelte zurück. „Keine Sorge. Sie wird dich morgen befragen, wenn all das hier vorbei ist, nur um sicherzustellen, dass mit dir alles in Ordnung ist. Dann wird sie dich im Rudel willkommen heißen. Nimm dir Kade oder einen anderen. Das bleibt dir überlassen. Wen du auch wählst, er wird dich gut behandeln. Vertrau mir, diese Kerle begehren dich. Im Moment riechst du wie ihre Lieblingsspeise."

Darüber wurde ich rot. Für Wölfe war es scharf, einander zu riechen. Für mich nicht so sehr. Zumindest war es das bisher nicht gewesen, aber ich konnte Kades Duft geradezu auf meiner Zunge spüren. Ich wollte ihn ernsthaft schmecken.

„Aber woher weiß ich, ob ich sie wirklich will? Ihn. Den Richtigen." Ich leckte meine Lippen. „Ich meine, mein Ex stellt mir nach, und ich habe mich von ihm angezogen gefühlt. Mein Gefährten-Kompass ist ein wenig daneben."

„Keine Sorge", sagte sie beruhigend. „Du wirst es wissen. Dein Wolf weiß es."

Darüber war ich mir nicht so sicher, aber da konnte ich nun mal nichts tun.

„Ja, aber gefesselt?" Ich streckte die verbundenen Hände hoch. „Mit verbundenen Augen? Das scheint mir ein wenig zu viel, findest du nicht?"

„Eine Wolfspaarung ist heftig. Du wirst dich deinem neuen Gefährten unterwerfen, mit Geist, Körper und

Seele. Das Wissen, dass deine Hände gefesselt sind, dass du nichts sehen kannst, wird deinen Wolf an diese Unterwerfung erinnern. Und sie wird sich nicht irgendwem hingeben. Vertraut mir. Sie wird wild werden. Du wirst die hier brauchen."

Mich meinem neuen Gefährten unterwerfen? Wie altmodisch.

Das Raunen der Männerstimmen verklang allmählich, und auf der Lichtung wurde es still. Alana hob ihr Kinn hoch und nahm eine feierliche Haltung ein, dann trat sie hinter mich und legte eine kühle Hand auf meine Schulter. „Knie nieder, Lily Windbourn, und wähle einen Gefährten."

Wähle einen Gefährten?

Darüber musste ich unweigerlich lachen. War das ein Scherz? Aber jeglicher Humor erstarb mir auf den Lippen, als ihre Hand mir deutete, mich in die weiche Erde zu knien. Ich holte tief Luft, blickte mich noch ein letztes

Mal auf der Suche nach einem verdächtig abwesenden Kade auf der Lichtung um, und dann bedeckte die schwarze Seide meine Augen und machte mich blind für Eitelkeiten. Und auch für alles andere.

Alana flüsterte mir eine letzte Zusicherung ins Ohr. „Er wird dich holen kommen. Keine Sorge."

Gott, das hoffte ich. Das hier war nicht mein Plan dafür gewesen, wie ich meine Unschuld verlieren wollte. Aber wenn es schon so sein musste, auf einer Waldlichtung, dann wollte ich, dass es mit Kade war. Aber wo war er?

Ich würde dafür sterben, dich zu beschützen, und dafür töten, dich zu besitzen. Du gehörst mir, und ich gehöre dir.

Seine Worte spendeten mir Trost, aber was, wenn er es sich anders überlegt hatte?

Ich schauderte und prüfte die Stärke der Fesseln um meine Hände. Nicht unmöglich, sie zu zerreißen, nicht für einen Werwolf wie ich es war, aber die

Unterwerfung, die sie symbolisierten, nagte plötzlich an mir. Ich wollte nicht, dass mich außer Kade irgendein Mann anfasste, und ich wusste, dass Robert da draußen war. Ich hatte ihn in der Meute erspäht, als ich den Alpha kennenlernte. Er war wie ein Schatten gewesen. Wo die Frauen mich auch zur Vorbereitung hingebracht hatten, er war mir wie ein Schoßhündchen gefolgt.

Aber er war kein niedliches kleines Labrador-Hündchen. Er war groß und hart und stark, und mein Wolf zog die Lefzen hoch bei der Vorstellung, dass er mich berührte. Ich wollte ihn nicht. Ich wollte Kade.

Alana hatte gesagt, dass ich die Macht hatte, jeden Mann abzuweisen, der mich für sich beanspruchen wollte. Wenn jemand außer Kade mich anfasste, konnte ich die Verführung der Nacht überstehen, indem ich den Unglücklichen abwies.

Wenn die dachten, dass ich mich so einfach rumdrehen und die Beine spreizen würde, dann kannten sie Lily Windbourn nicht.

„Wer will Lily Windbourn in dieser Nacht für sich beanspruchen? Herausforderer, tretet heran." Das Kommando dröhnte über die kleine Lichtung, und Stille fiel über den Wald herein. Nicht einmal die Grillen zirpten, als der Alpha des Rudels, Warren, seine Stimme erhob, damit die leichte Brise sie tragen konnte.

Alana drückte mir noch ein letztes Mal die Schulter und ging dann davon, überließ mich meinem Schicksal und den Männchen, die begierig darauf waren, mich zu zähmen. Ich hörte Bewegungen, und mein Herz schlug schneller, als ich die ersten Kampfgeräusche vernahm. Die Laute von Fäusten auf Fleisch, Knochen. Schmerzverzerrtes Ächzen, abgehacktes Atmen. Ich war froh, dass ich auf den Knien war, denn plötzlich hatte ich Angst. Ich konnte nichts sehen, konnte mich nicht verteidigen.

Ich kauerte mich zusammen und bemühte mich, mich so klein wie möglich zu machen. Meine Ohren funktionierten einwandfrei, und ich hörte, wie eine Gruppe Männchen einander provozierten, knurrten und gegenseitig bedrohten. Und sie alle kämpften um mich?

Ich wollte die Augen verdrehen, aber der Effekt würde hinter der schwarzen Seide völlig verlorengehen. Ich musste nur die Nacht überstehen und Kade zu meinem Gefährten ernennen. Würde es mir erlaubt sein, ihn zu fesseln und *ihn* in Besitz zu nehmen? Würde Kade mir gestatten, die Kontrolle zu übernehmen? Ich wusste, dass die Windbourn-Männchen durch und durch Alphas waren, und das spürte ich in ihm auch. Aber einen Gefährten zu dominieren? Ich war begierig darauf, mehr darüber zu erfahren. Wenn ich es nur durch diese Zeremonie schaffte.

Das Schubsen, Knurren und Gehabe

wurde leiser, und ich hielt den Atem an. Mein Herz pochte, meine Handflächen waren feucht.

„Drei Krieger möchten in dieser Nacht ihren Anspruch geltend machen. So sei es." Die mächtige Stimme des Alphas ließ den Wald erneut verstummen. „Ihre Namen sollen im Archiv niedergeschrieben sein."

Archiv? Dieser Prozess hatte schon fast etwas Mittelalterliches. So förmlich. Warum warf mich nicht einfach einer über seine Schulter und schleppte mich davon? Aber das hier waren keine Höhlenmenschen, es waren Gestaltwandler. Und die schienen sich an einen ganzen Haufen von seltsamen Bräuchen zu halten, um sicherzustellen, dass jeder wusste, wem eine Gefährtin gehörte. Kade hatte mir versprochen, dass, wenn er mich heute Nacht in Besitz nahm, es keinen Zweifel über meine Zugehörigkeit geben würde. Dass es selbst meinem

Großvater nicht möglich sein würde, an mich ran zu kommen.

Für ein Paar würde es keine Herausforderer geben. Paare waren heilig. Von allen Gesetzen des Rudels geschützt. Sein Alpha Warren hatte das bestätigt. Ich musste nun nur noch darauf vertrauen, dass Kade mich holen kommen würde.

Ich hörte das gewissenhafte Kratzen eines Federhalters, dann eine gewichtige Stille, die meine Nerven fast bis zum Zerreißen anspannte, bevor der Alpha endlich wieder sprach. Drei Männchen waren gewillt, einander um das Recht zu bekämpfen, mich anzufassen. Drei! Mir lief eine Gänsehaut über den Körper und ich zitterte in der kalten Nachtluft. Vorfreude oder Bangen? Ich war mir nicht sicher, welches davon es war.

Einer konnte Kade sein, aber wie würde ich ihn von den anderen beiden unterscheiden können? Wie konnte ich ihnen widerstehen, wenn meine Haut danach brannte, berührt zu werden, wenn meine Mitte vor Verlangen pochte und mein ganzer Körper bei seiner ersten Berührung hingebungsvoll schmelzen würde? Mein Wolf war hellwach und lief hin und her, hungrig. So hungrig, als wäre sie jahrzehntelang ausgehungert worden und hatte nun ein Festmahl vor sich. Sie wollte verschlingen, und verschlungen werden.

„Wölfe, ihr kennt die Regeln. Brecht sie, und ihr werdet hingerichtet. Brüder aus der Fremde, wir werden euch keinerlei Spielraum gewähren, solltet ihr die Grenzen überschreiten."

Meine Brust zog sich enger zusammen. Brüder aus der Fremde? Männchen aus anderen Rudeln waren hier, und bestimmt sprach er zu Robbie. Aber waren da noch andere? Männchen, die kurz davor standen, mich anzufassen...außer wenn. Ich richtete meine Schultern gerade und stellte mir Kades breite Brust vor, seinen perfekten Kiefer und die eindringlichen bernsteinfarbenen Augen. Gerade hatte ich seinen Schlafzimmerblick vor Augen, der sich in meine Seele bohrte, als der Alpha mich schließlich direkt ansprach.

„Lily Windbourn aus dem East Springs-Rudel, wir ehren dich in dieser Nacht. Drei ehrenwerte Wölfe halten um dich als Gefährtin an. Sie haben das Recht, zu erfahren, ob dein Herz noch in deiner eigenen Brust schlägt, oder ob es mit einem Anderen wandert." Wahrheit in allen Dingen. Das war der Weg des Rudels. Die Männer hatten das Recht, zu erfahren, ob die Frau, die sie für sich beanspruchen wollten, in einen anderen Mann verliebt war. Das hieß nicht, dass sie das von ihr abhalten würde. Aber sie würden wissen, womit sie es zu tun hatten.

Ich dachte an Kade. Ich liebte ihn doch nicht, oder? Ich kannte ihn ja kaum. Aber ich sehnte mich nach ihm, wollte, dass er mein Gefährte wurde, mich in Besitz nahm. Brauchte ich ihn? Verzehrte ich mich nach ihm? Forderte ich ihn? Absolut.

War das Liebe? Bedeutete der Drang danach, zu Kade zu gehören, dass ich ihm mein Herz geschenkt hatte? Ich hatte nicht einmal bemerkt, dass das passiert war, aber ja. Mein Herz gehörte ihm.

Ich leckte meine Lippen. „Kein Herz schlägt in meiner Brust, Alpha. Es ist vergeben worden."

Ein Raunen wanderte durch die Anwesenden. „Und ist jener Wolf, den du als Gefährten bevorzugst, heute Nacht hier anwesend?"

Ich senkte den Kopf, beschämt und verlegen über die Wahrheit. Ich konnte ihn nicht sehen. Ich konnte ihn nicht riechen. Ich konnte nicht einmal *spüren*, dass Kade in der Nähe war. „Das weiß ich nicht."

Ein leises Knurren kam von einem der drei, die nur wenige Schritte vor mir standen. Na toll. Da mochte jemand

Herausforderungen. Selbst jene, die gar kein Rudel-Alpha waren, benahmen sich wie Alphamännchen.

Warren setzte die Zeremonie fort und wandte sich an die anwesenden Krieger. „Wissend, dass ihr Herz einem anderen gehört, wünscht ihr immer noch, sie an euch zu nehmen?"

Konnte es so einfach sein? Würden sie verschwinden? Mich zurücklassen, damit ich mir die Augenbinde runterreißen, die Fesseln abstreifen und mich auf die Suche nach Kade machen konnte?

Das Seufzen des Alpha vernichtete meinen Hoffnungsschimmer. „So sei es. Selbst wo dein Herz einem anderen geschenkt ist, verbleiben zwei Krieger, und sie erheben Anspruch auf das Recht der Einweihung."

Bestimmt war Kade einer von ihnen. Er hatte mir versprochen, dass er bei mir sein würde. Dass er derjenige sein würde, der mich in Besitz nehmen würde. Er *musste* einer von ihnen sein.

„Was ist das Recht der Einweihung?", fragte ich.

Noch mehr Flüstern füllte das Feld. Ich war nicht sicher, ob das daran lag, dass ich gesprochen hatte, oder dass ich nicht wusste, was das war.

„Die beiden Männchen bieten eine Einweihung in ihre Berührung, durch einen einzelnen Kuss", antwortete der Alpha.

Ich hob den Kopf, und Hoffnung erfüllte mich, machte mich schwindelig. Ein Kuss. Wenn ich auf etwas so Triviales keine Reaktion zeigte, dann würden sie verschwinden. Es würde kein stundenlanges Durchleiden von Lust und Qual geben, an deren Ende dem Mann die wahre Erfüllung versagt bleiben würde. Je ein Kuss. Das konnte ich schaffen. Ich würde Kade doch an einem Kuss erkennen, oder nicht?

Aber nein. Er hatte mich nie geküsst. Und warum das? Wir waren bereits miteinander alleine gewesen, hatten einander berührt. Er hatte gesagt, dass er mich begehrt. Aber warum hatte er mich nie geküsst? Ich hatte keine Ahnung, wie er sich anfühlen würde, wie schmecken...

„Beginnt", befahl der Alpha.

8

ily

Der erste Mann trat an mich heran und kniete vor mir nieder. Ich konnte ihn nicht sehen, aber ich spürte seine Präsenz, hörte seinen Atem. Ich wartete, die Lippen erwartungsvoll angehoben. Er ließ mich nicht lange zappeln, bevor seine heißen Hände meine Schultern packten und mich nach vorne in seinen Kuss zogen. Ich keuchte auf, als seine Lippen auf meine trafen. Sie waren fest, heiß und geschickt, aber sie riefen kein Gefühl in mir hervor, und ich öffnete ihm meinen Mund nicht. Der Geruch seiner Haut war mir vertraut, und auch, wie seine Hände sich anfühlten.

Robbie.

Das Wissen ließ mich schaudern, und ich wurde steif wie Eisen in seinem Griff.

Ha! Erfolg. Ich fühlte mich nicht zu ihm hingezogen, verspürte keine Lust, und daher würde er mich nicht in Besitz nehmen. Aber wo war Kade? Er hatte versprochen, dass kein anderer mich anfassen würde.

„Das reicht!" Die Stimme des Alphas hallte durch die Lichtung, und die Lippen verließen meine, geschlagen.

Ja, geschlagen, denn ich hatte während des ganzen Kusses denken können. Ich wollte blinde Leidenschaft, einen Mann, der mir meine Gedanken ebenso entreißen würde wie meine Kleidung.

Ein Knurren entkam dem Mann über mir, finster. Zornig. Aber ein anderes Knurren, tiefer, bedrohlich, folgte direkt darauf. Ich fürchtete nicht um meine Sicherheit—es waren genug Zeugen anwesend, die für meine Sicherheit sorgen würden—ich fürchtete nur, dass die Sonne aufgehen und ich dem falschen Wolf zugeordnet sein würde.

Wo war Kade? Als Alana mir die Augen verbunden hatte, hatte er in der Gruppe von Männern um mich herum gefehlt. Er hatte mir gesagt, dass er vor der Zeremonie noch mit dem Alpha reden musste, aber der Alpha war hier. Wo war Kade?

Als ich hörte, wie Robbie sich vor mir aufrichtete, wollte ich sagen, dass es mir leid tat, dass ich nichts empfunden hatte. Aber das tat es mir nicht. Ich wollte nicht von ihm geküsst werden. Besonders nicht, wenn ich gefesselt und ihm ausgeliefert war. Ich würde mich unterwerfen, ich sehnte mich danach, aber nicht ihm. Ich spürte, wie Wogen von Enttäuschung von ihm ausgingen, aber das war mir egal. Er war nicht der Richtige. Er *gehörte* nicht zu mir.

Mit zorniger Anspannung ging er davon, während der andere anwesende Mann eine weitere Warnung knurrte, eine, mit der er sich benahm, als wäre er bereits mein Gefährte, als hätte er irgendwelche Rechte.

Der Klang, die Vibration seines Knurrens durchfuhren mich. Ließen mir die Gänsehaut über die Arme laufen.

Körper bewegten sich, änderten ihre Position, und ich spürte die Präsenz des zweiten Mannes vor mir. Ich stellte mich auf den zweiten Kuss ein, den Schlüssel zu meiner Freiheit. Sobald sein Mund auf meinem war, würde ich sofort wissen, dass es nicht sein sollte. Aber es kam nicht. Eine Minute dehnte sich zu einer quälenden zweiten, und dann einer dritten, während er vor mir kniete und nichts unternahm. Ich hätte schwören können, dass ich regelrecht spüren konnte, wie sein Blick über meine Haut wanderte. Und er würde durch die neckische Robe hindurch alles sehen können. Meine harten Nippel, das gestutzte dunkle Haar am Schnittpunkt meiner Schenkel. Das Kleidungsstück überließ nichts der Fantasie. Es gestattete ihnen, in Versuchung geführt zu werden, und doch ohne jegliche Geheimnisse darüber, was die Frau zu bieten hatte. Es schien, als wüssten sie stets ganz genau, was sie da in Besitz nehmen wollten.

Ich konnte nichts verbergen, nicht einmal mein Herz.

Spannung bildete sich in der Luft zwischen uns, wie ein Gewitter der Lust, das sich in meine empfindsame

Haut biss. Die Paarungshitze des Mannes drang in meine Muskeln ein, verlockte mich dazu, weich zu werden, in seine Arme zu schmelzen. Dieser Mann begehrte mich sehnlichst. Ich war dieser Hitze noch nie begegnet, aber die in Besitz genommenen Frauen, mit denen ich mich vor der Zeremonie unterhalten hatte, schwärmten davon. Von der kribbelnden Wärme und dem Sex. Feurig heißer, unglaublicher, den Verstand vernebelnder Sex.

Meine Nippel weigerten sich, auf meinen Verstand zu hören und verhärteten sich zu festen Spitzen, während seine Wärme mich umfing und bis in meine Mitte vordrang.

„Wirst du mich küssen?", fragte ich.

Er sagte nichts.

„Na?", wimmerte ich. Ich brauchte eine Antwort. Was war dieses Gefühl, das mich überkam? Woher stammte es? Von dem Mann vor mir, oder von einem anderen Ort—oder einer anderen Person?

„Schweig!", dröhnte der Alpha, und ich erschrak. Meine Knie wurden wackelig, und eine Hand legte sich auf meine Schulter, damit ich mein Gleichgewicht wiederfinden konnte. Die Hitze der Hand verbrannte mich nahezu.

Ich schüttelte seine Berührung ab, hatte Angst davor. Wenn das nicht Kade war, dann wollte ich sie nicht. Ich wollte nichts für ihn empfinden. Besonders nicht den Funken, der aus seiner sofortigen Hilfeleistung entsprungen war.

Nein. Ich wollte diesen Man nicht. „Ich will, dass du mich küsst", flüsterte ich, meine Stimme so leise, dass ich hoffen konnte, dass nur der Mann vor mir sie hören konnte. Ich *wollte* den Kuss nicht unbedingt, aber ich wollte Klarheit. Ich brauchte Klarheit, und die Antwort lag in diesem Kuss.

Ich litt. Wimmerte, und Enttäuschung fuhr schneidend durch

mich hindurch. Warum wollte er mich nicht küssen?

Warme, feste Hände glitten zu beiden Seiten meines Gesichts an meinem Kiefer entlang und ich keuchte auf, überrascht von der Berührung, überrascht von ihrer Hitze. Er umfasste meinen Kopf so sanft, als hielte er kostbares Porzellan in der Hand, und hielt mich still für...endlich, seinen Kuss.

Wo der erste Mann energisch und erfahren gewesen war, war dieser Kuss ein sanftes Kosten, das an meinen Mundwinkeln ansetzte. Anstatt mich vorwärts zu ziehen wie der erste Mann, hielt er mich an der Stelle fest, hielt mich fern von der Verlockung seines heißen Körpers. Irgendwie löste das Wissen, dass er da war, aber außerhalb meiner Reichweite, in mir ein Sehnen aus, mich an ihm zu reiben. Meine gefesselten Hände zu heben und ihn zu berühren, mich an ihn zu klammern. Und niemals loszulassen.

Ich wimmerte.

Dem Mann war es egal, ob das daher kam, dass ich erfreut war oder angeekelt. Er neigte meinen Kopf zur Seite und glitt mit seiner Zunge über meine Lippen, schmeckte mich. Setzte seinen Ansturm fort. Stöhnend öffnete ich meinen Mund für ihn, konnte dem Drang nicht mehr widerstehen, seine Kraft zu kosten, seine Lust nach mir, nur ein ganz kleines Bisschen.

Ja, es war die Hitze, die mich übermannte, verwirrte. Ich wollte seine Berührung, seine Lippen auf mir. Seine heißen Hände. Ich wollte mehr. Aber war er Kade? Wie konnte ich das denn nicht wissen?

Er knurrte auf, zog mich nach vorne und überfiel meinen Mund mit seiner Zunge. Er tat nicht länger so, als würde er mich verführen wollen, und der Kuss wurde zu einem aggressiven Angriff, der Unterwerfung forderte. Und ich wollte mich ihm unterwerfen. Ich wurde weich, wie Wachs in der Sonne.

Mein Körper reagierte, indem er zu einer lebendigen Flamme wurde, und ich räkelte mich ihm entgegen, verbrannte innerlich. Und das war nur ein Kuss! Meine Pussylippen pochen vor Not, sodass es fast schon weh tat, und die kalte Nachtluft strich über meine nun feuchte Mitte wie eine fröstelnde Brise. Mir wurde klar, wie gründlich ich versagt hatte.

Ich war nicht gleichgültig geblieben. Dieser Mann ließ mich nicht kalt. Ein Kuss, und dieser Fremde hatte mich besiegt, besaß mich, brachte mich dazu, mich nach seiner Berührung zu sehnen. Auf eine Art, wie es Kade nie gelungen war. Allerdings hatte Kade auch niemals diese Chance bekommen. Dazu war nicht genug Zeit gewesen.

„Das reicht." Der Befehl des Alpha streckte meine Wirbelsäule gerade, und ich entzog mich dem Kuss, angewidert von meiner mangelnden Selbstbeherrschung. Ich wandte den Kopf von ihm ab, während der Alpha fortfuhr: „Das Recht der Einweihung hat die Angelegenheit entschieden. Schreibt den Namen dieses Männchens im Archiv nieder, und lasst uns zur nächsten Besitznahme übergehen."

Ich spürte, mehr als ich hörte, wie die restlichen Männchen diese erste Zeremonienstelle verließen. Es war vollbracht. Diesem Mann, wer immer er war, war das Recht erteilt worden, mich in Besitz zu nehmen. Ich konnte ihn abweisen, wie Alana gesagt und wie es zuvor schon jemand getan hatte, aber wie konnte ich widerstehen? Wenn ich schon von einem Kuss beinahe kommen konnte, was würde ich tun, wie würde ich mich erst unterwerfen, wenn er seine Hände an meinen Körper legte? Ich sehnte mich danach, dass er das tat. Ich brauchte es. Ich *wollte* nicht widerstehen.

Für die nächsten paar Stunden würde ich mit diesem Mann alleine sein, nackt unter den Sternen, während er jeden Trick und jeden Kunstgriff in seinem Repertoire einsetzen würde, mich dazu zu verführen, ihn anzunehmen. Ich nahm nicht an, dass er es notwendig haben würde, mich auszutricksen. Ich war wie Knetmasse in seinen Händen. Heiße, begierige Knetmasse. Die fröstelnde Nachtluft würde keine Hilfe sein, denn wir waren beide mehr als menschlich, und die Kälte würde uns nichts anhaben können. Stattdessen würde die Nacht dem Mann nur noch zu Hilfe kommen und meine wilde Natur hervorrufen. Zumindest hatte mir Alana das so erklärt. Ich würde unter freiem Himmel genommen werden wollen, unter dem vollen Mond. Das schien mir zu dem Zeitpunkt ein wenig zweifelhaft, aber inzwischen war es nur allzu wahr.

Menschenmänner hatten meine körperlichen Bedürfnisse nie befriedigt, und deswegen hatte es nie ein Risiko für mein Herz oder meine Seele gegeben. Jetzt wusste ich, warum mich in der High School nie jemand interessiert hatte, oder sonst ein Kerl von daheim. *Er* war nicht dabei gewesen. Der Richtige für mich. Es sei denn...

Nein. Dieser Mann konnte nicht Robbie sein. Ich hatte ihn so lange abgewiesen, dass ich ihn unmöglich plötzlich begehren konnte. Die Hitze war stark gewesen, aber nicht auf diese Weise. Nein. Ich hatte keine Ahnung, wer dieser Mann war, aber es war nicht Robbie.

Aber war es Kade? Wie hatte ich erst vor wenigen Stunden *alles* für Kade empfinden können, und nun sogar noch mehr für diesen Mann? Wer er auch war, er würde nicht weniger von mir akzeptieren als völlige Unterwerfung, und wenn ich ihm die gab, würde mein Herz dabei mitkommen.

Er hielt mich weiter fest, die Hand um meinen Nacken gelegt als Symbol völliger Dominanz. Er konnte mir mit einer raschen Handbewegung das Genick brechen, aber sein Daumen strich mir stattdessen federzart über meinen Kiefer. Irgendwie konnte ich spüren, wie seine Augen seine Trophäe begutachteten, mich in einem neuen Licht abschätzten, nun, da er das Recht erworben hatte, mich zu berühren und zum Kommen zu bringen. Mit mir anzustellen, was immer er wollte.

Als auch der letzte Zuseher zur nächsten Zeremonie weitergewandert waren und auf der Lichtung absolute Stille herrschte, bis auf das Wispern des Windes im Laub über uns, wandte ich mein Gesicht wieder ihm zu und bat um Verzeihung.

„Es tut mir leid. Ich kann dir nicht gehören."

Er beugte sich heran, bis seine Lippen über mein Ohr streiften, und flüsterte so leise, dass ich es kaum hören konnte. Nein, mein Wolf hörte ihn. „Das werden wir ja sehen."

Ich keuchte auf. Ein Mann durfte nicht sprechen. Das war mir so erklärt worden. Dass es ein deutlicher

Regelverstoß war, zu sprechen, aber diesem Mann war das scheinbar egal. Seine Hände wanderten von meinem Nacken an meine Schultern, über meine Schlüsselbeine und tiefer, bis sie durch die Robe hindurch über meine Brüste glitten. Sehr zu meiner Freude und auch Enttäuschung verweilten sie dort nicht, sondern wanderten weiter nach unten an meine gefesselten Hände. Es war, als würde er spüren wollen, was er vor Augen hatte. Eine taktile Inspektion. Und ich fragte mich, ob ich die Prüfung bestand.

Er legte seine Hände um meine—sie schienen so groß—und zog mich vorsichtig auf die Beine hoch. Dann hob er mich in seine Arme und trug mich wie ein Bräutigam, der seine Braut über die Türschwelle hob. Ein so zutiefst kleinbürgerlicher Brauch, und doch spürte ich, wie meine Wangen rot wurden, als er mich auf der mit Federn gefüllten Matte absetze, auf der die wahre Besitznahme stattfinden würde, und mich niederlegte. Sobald meine Schultern die weiche Oberfläche berührten, zog er meine gefesselten Hände über meinen Kopf und befestigte sie an einem Pfosten, der für genau diesen Zweck dort angebracht war. Nun streckte sich meine Brust ihm entgegen wie eine wollüstige Opfergabe, die Robe öffnete sich und ich wusste, dass er die Kurven meiner Brüste sehen konnte und selbst meine Pussy. Meine Hände waren über meinem Kopf gefesselt und ich war ihm völlig ausgeliefert. Ich konnte mich nicht bedecken, konnte nichts tun als mich hinzugeben. Der Gedanke daran war nicht annähernd so besorgniserregend, wie er sein sollte. Je mehr Zeit verstrich, umso mehr wollte ich mich ihm hingeben.

Er legte sich neben mich und strich mit den Fingern über die Spalte in meiner Robe, auf und nieder. Raue Fingerspitzen kratzten über meine Haut, verweilten und erkundeten mein weiches Fleisch vom Hals bis zum Tal zwischen meinen Brüsten, über die weiche Fläche meines Bauches bis zum oberen Ansatz meiner Pussy, dann wieder zurück nach oben. Nicht mehr als das, nur hoch und nieder, hin und her. Spielend. Lernend. Beobachtend. Ich lag keuchend und hilflos da, während er ein langsames Feuer aufbaute, von dem ich befürchtete, dass ich es nicht löschen können würde. Schweiß trat mir auf die Haut.

Dann flüsterte er erneut. „Wer ist dieser Mann, nach dem du dich so sehnst?" Er senkte den Kopf und gab mir einen leichten, keuschen Kuss auf meinen harten Nippel. Ich keuchte auf. Ich konnte es nicht zurückhalten, denn das hatte noch nie jemand getan. Es fühlte sich so gut an, und ich streckte mich ihm entgegen, wollte mehr.

„Und warum ist er nicht hier, um diese Perfektion für sich selbst zu beanspruchen?"

Ich schüttelte den Kopf und schwieg. Auf diese Frage gab es keine gute Antwort. Ich würde diesem Mann nicht meine Seele offenbaren und meine Fehler eingestehen. Ich wandte den Kopf ab, von ihm weg, obwohl ich dadurch meinen Hals freilegte wie eine Opfergabe. Und er zögerte nicht, diese Gabe anzunehmen. Mit einem leisen Grollen schmiegte er seine Nase und Lippen an meinen Hals, knabberte sich einen Weg hinunter zum meinem Schlüsselbein und biss mich dort spielerisch. Seine Hitze überzog mich, als er ein Bein über meinen Schenkel schwang, sein Knie zwischen meinen Beinen, um mich an der Stelle zu fixieren, mich weiter für seine Berührung zu öffnen. Nicht, dass ich irgendwo hin konnte. Ich zerrte an den Fesseln um meine Handgelenke, um mir das zu bestätigen.

Alana hatte gesagt, dass die Tochter des Alpha ihrem Verehrer die ganze Nacht über widerstanden hatte? Guter

Gott, die Frau hatte einen eisernen Willen.

Der harte Schaft seines Schwanzes presste sich durch seine Hosen hindurch an meine Hüfte. Er war so groß, dass ich mich fragte, ob er überhaupt passen würde. Würde es wehtun? Bestimmt würde etwas von dieser Größe mich entzwei reißen. Aber meine Gedanken befreiten sich wieder von der Sorge, als seine Hand meine Brust mit festem Griff massierte. Sein Daumen streifte über meinen nassen Nippel, und dieser Akt raubte mir den Atem. Mein Körper sehnte sich schmerzlich nach der Berührung dieses Mannes, meine nasse Pussy zuckte zusammen, brauchte es, gefüllt zu werden, und mein ganzer Körper bäumte sich einladend unter ihm auf.

„Bitte", flüsterte ich. Ich biss mir in die Lippe. Ich hätte nicht antworten sollen. Ich wusste es in meinem Kopf, aber mein Herz und mein Körper weigerten sich, auf meinen Verstand zu hören. Der Wolf hatte nun die Kontrolle, und der Teil von mir, der dachte, verlor rasch an Boden. Das wilde Verlangen, mich zu unterwerfen, erfüllte mich, und ich wusste, dass ich verloren war, als sein Mund küssend über meinen Kiefer wanderte und über meinem Mundwinkel schwebend hielt.

„Sag es mir", sagte er, aber ich wusste nicht, was. „Wer besitzt dein Herz?"

Überall da, wo sein Körper meinen berührte, flammte Hitze zwischen uns auf und zog in meine Muskeln ein. Feuer füllte meine Adern, und ich sehnte mich danach, mich an ihm zu reiben, jeden Zentimeter des großen, harten, muskulösen Mannes zu erkunden. Ich wehrte mich gegen die Fesseln, gegen den kräftigen Halt seines Körpers. Ich wurde wild vor Not. Er wusste ganz genau, wie er sie in mir aufbauen konnte, immer nur ein klein wenig auf einmal, um mir keine Angst zu machen. Niemand hatte mir je diese

Gefühle gegeben. Niemand. Nun gut, niemand außer Kade.

Das hier war nichts als Sex. Pure Lust. Ich musste widerstehen, oder ich würde an einen Mann gebunden sein, der meinen Körper entfachte, aber mein Herz kalt ließ.

Dann küsste er mich, eine lange, gemächliche Erkundung meines Mundes mit seiner Zunge. Er hatte die ganze Nacht lang Zeit, mich zu kosten und zu erkunden, mich zu verführen. Und er machte seine Sache richtig gut. Es war richtig, richtig schwer, ihm zu widerstehen. Alles, was er tat, überall, wo er mich berührte, egal wie sanft, hart, zärtlich, lockend, ich mochte es. Nein, ich liebte es. Ich stöhnte zur Antwort, mein Körper stand in Flammen unter seiner Berührung. Ich musste aufhören.

„Sag es mir", wiederholte er.

„Kade. Ich will Kade." Es gelang mir, an seinen Lippen zu flüstern, zwischen Küssen, die mir Stück für Stück die

Seele raubten, jeden Funken meines Widerstandes schwächten. War es das, was er von mir wollte? „Ich will nur ihm meine Jungfräulichkeit schenken."

Der Mann stoppte ruckartig seine Attacke auf meine Sinne, und ich spürte, wie sein warmer Atem über meinen Hals strich, während er knurrte. Ich erzitterte bei diesem besitzergreifenden Ton. Er flüsterte erneut in mein Ohr.

„Du bist unberührt?"

Ich nickte.

„Liebst du ihn?"

Während mir das Herz in der Brust raste wie das eines verängstigten Vögelchens, überlegte ich hin und her. Sollte ich diesem Mann die Wahrheit sagen? Wenn ich mich hingab, und er mich in Besitz nahm, würde er Kade zum Kampf herausfordern? Er würde das Recht haben, das zu tun und Kade zu töten, wenn er nach der Besitznahme auch nur mit mir sprach. Aber was, wenn er mich gehen ließ?

Was, wenn er mich aus dem Ritual freigab?

Er musste meine Gedanken gespürt haben. „Ich gebe dir mein Wort, dass ich ihn nicht herausfordern werde, wenn du mir die Wahrheit sagst." Seine Hand glitt mit langsamer, sinnlicher Bewegung über meinen Bauch. „Ich will wissen, wen du willst...hier, dich zum erstem Mal füllend und dich zum Kommen bringend."

Während er sprach, ließ er zwei lange Finger in meine enge Pussy gleiten, und ich keuchte auf bei der unbändigen Lust, die ich empfand, als er sie langsam ein und aus bewegte, mit heißem, ausgesprochen nassem Gleiten. Ich war eng und ich verspürte einen leichten Schmerz, aber ich liebte es. Ich sehnte mich nach seiner Berührung, aber seine Finger würden mir nicht reichen. Nein, ich wollte mehr. Ich wollte, dass sein heißer Körper sich über meinen legte, wollte meine Beine um seine Hüften schlingen und mich ihm entgegenstoßen, während er seinen Schwanz in mir versenkte und mich wahrhaft zu seinem Eigen machte. Nicht als Wolf, der sich mit seiner Gefährtin paarte, sondern als Mann, der seine Frau nahm. Sie weit dehnte, spürte, wie ihre enge Hitze sich an seinen Schwanz anpasste. Wusste, dass er der einzige war, der dort je gewesen war. Wusste, dass sie ihm gehörte, und ihm alleine. Aber egal wie, ob von Mann oder Wolf, ich wollte gnadenlos gefickt werden, bis ich meine Erlösung hinausschrie.

Ich war keine schüchterne Jungfer. Ich hatte mich nur deswegen noch niemandem hingegeben, weil es sich noch nie so angefühlt hatte. Wenn ein Schwanz mich zum ersten Mal füllen würde, würde ich nicht passiv sein. Nein, ich würde kommen. Heftig.

Bis zum bitteren Ende. Ich zitterte vor Not und gestand mir die Wahrheit ein, meine offensichtliche Schwäche. Es würde mir nicht gelingen, diesem

Mann zu widerstehen. Diesem Wolf. Er war Hitze und Feuer für mein kaltes Herz, und wenn er nicht freiwillig aufhörte, würde ich ihm verfallen. Ich konnte mich nicht selbst belügen. Die Wahrheit war das einzige, was ihn vielleicht davon abhalten würde, mich in Besitz zu nehmen. Vielleicht war er ein würdiger Mann, Mensch und Wolf, und ich würde lernen können, ihn zu lieben und nicht nur nach ihm zu gieren, aber nur, wenn ich ganz sicher wusste, dass Kade mich nicht wollte.

„Kade. Ja. Mein Herz gehört ihm. Ich weiß, es ist verrückt, aber ja, ich liebe ihn. Bitte lass mich gehen."

Der Mann erstarrte über mir zu einem soliden Eisblock, hörte einige Sekunden lang zu atmen auf, dann knurrte er aus Protest in mein Ohr. „Hat er dir gesagt, dass er dich in Besitz nehmen möchte?"

„Ja."

„Hat er dich berührt, oder geküsst, oder das hier mit dir getan?" Sein Mund saugte sich durch den dünnen Stoff meiner Robe an meinen Nippel, während er mich weiter mit seinen Fingern fickte, ein entschlossener Angriff auf meinen Kitzler und meine Mitte, ohne Rücksicht auf Verluste.

9

ily

„Nein. Dazu war keine Zeit. Wir hatten kaum Zeit miteinander, aber ich *weiß* es einfach. Ich kann nicht leugnen, wie stark ich auf dich reagiere, aber ich will ihn." Meine Hüften bäumten sich unter seiner gekonnten Berührung auf, brauchten mehr. Härter. Schneller. Größer. Himmel hilf mir, ich wollte von seinem Schwanz gedehnt werden, gefickt werden, bis ich den Verstand verlor. Eine einzelne Träne lief mir aus dem Augenwinkel und wurde sofort von der schwarzen Seide aufgesaugt, die immer noch meine Augen verdeckte. „Bitte, wenn du nicht aufhörst, werde ich den Mann betrügen, den ich liebe."

„Ich rieche deine Tränen, Lily." Seine Berührung wurde sanfter, dann glitt er aus mir heraus und ließ seine Finger über die nassen Furchen meiner Pussy wandern, als wollte er die Konturen erlernen. Mit rauer Stimme, als stünde er knapp davor, die Beherrschung zu verlieren, raunte er: „Du liebst ihn wirklich? Obwohl ihr, wie du sagst, kaum Zeit miteinander hattet?"

Ich nickte und leckte mir die Lippen. „Ja. Das tue ich." Ich wandte meinen Kopf von seinem Kuss ab und sprach die Wahrheit. „Wenn du mich heute Nacht an dich reißt, wenn du etwas nimmst, was dir nicht gehört, dann kann ich niemals ganz dir gehören. Es tut mir so leid. Ich war dumm. Ich habe ihm nicht gesagt, wie ich empfinde, als ich die Chance dazu hatte, und nun habe ich uns beiden Schmerzen bereitet. Ich weiß nicht, warum ich deiner Berührung scheinbar nicht widerstehen kann, aber mein Herz kann niemals dir gehören."

Er küsste mich sanft und hingebungsvoll auf den Bauch, und sprach zu mir mit der Stimme eines Mannes, versteckte sie nicht länger hinter hauchzart geflüsterten Worten und dem Tonfall eines Fremden. „Ich sagte dir doch, dass dich niemand sonst anfassen würde, Lily. Du gehörst mir und ich gehöre dir. Für immer."

Schockwellen durchfuhren mich und ich erstarrte, wie ein Kaninchen im Blickfeld eines Raubtiers, das die Gefahr bemisst. Kade? Hörte ich schon Stimmen? Waren meine Sinne so von Lust benebelt, dass mein eigener Körper mich austrickste? Lust gefror zu Eis, während ich die Möglichkeiten abwägte. Dann brüllte sie doppelt so heiß wieder auf. Ich zerrte an den Fesseln über mir, sammelte meine Willenskraft, um sie zu zerreißen, mich zu befreien und mir die Seide von den Augen zu reißen. Ich musste es sehen.

„Kade?"

„Ganz ruhig." Seine Hand strich zärtlich über meinen nackten Arm und hielt die Hände fest, entspannte den Sturm, der sich in meinen Muskeln zusammenbraute. „Ja, ich bin es."

Mein Herz raste im dreifachen Tempo, und ich traute meinem verräterischen Körper immer noch nicht so recht. Ich war zu aufgeheizt, zu unbeherrscht, um meinen Sinnen zu trauen. „Beweise es mir."

Er knabberte an meinen Lippen, während er antwortete. „Du kamst mir aus deinem Zimmer entgegen wie ein Engel, dein weißes Nachthemd um dich flatternd. Du warst damals meins und bist es jetzt. Ich wusste es schon, als ich dich zum ersten Mal berührte, in deinem rosa Sommerkleid am Straßenrand."

Er war es wirklich, und als ich diesmal seinen Namen sprach, war das Wort voll von Erleichterung, Glück und Verzweiflung. Er war es, er war hier bei mir, über mir.

Mit einem scharfen Stoß waren seine Finger wieder in mir, seine Handfläche rieb über meinen Kitzler und seine Zunge pumpte im Rhythmus dazu in meinem Mund ein und aus. Sein Name kam mir erneut über die Lippen, diesmal als Stöhnen, und ich zersprang in seinen Armen, zum Höhepunkt getrieben nun, da ich wusste, wer mich hielt, wer mich berührte und meine Hingabe forderte.

Mein leiser Schrei wurde von seinen Lippen eingefangen, während er seine Finger weiter in meine nasse Pussy pumpte, ein und aus, bis er mich noch einmal über die Grenze getrieben hatte. Ich zitterte am ganzen Körper und wimmerte protestierend, als seine

Finger mich verließen und ich leer und pulsierend mit dem Begehren zurückblieb, völlig gefüllt zu werden. Ich brauchte mehr. Ich brauchte es, in Besitz genommen zu werden.

Sein Kuss wanderte tiefer, auf meine Brüste. Er saugte an einem Nippel, dann an dem anderen. Folterte mich mit Lust, bis ich mich aufbäumte und unter ihm wand.

„Kade, bitte."

Heiß und nass glitt seine Zunge nach unten, um mit der empfindlichen Haut um meinen Nabel zu spielen, dann an der Wölbung meiner Hüfte. Er schob die weiche Robe beiseite und entblößte mich völlig, vom Hals abwärts. „Willst du mich, Lily?"

„Wie kannst du das noch fragen? Ich bettle doch schon."

„Aber du bist Jungfrau. Du wünschst nicht nur, von mir in Besitz genommen zu werden, sondern mir auch noch dieses kostbare Geschenk zu machen?"

Seine Worte glitten mit Anbetung

über mich, ebenso wie seine Fingerspitzen, seine weichen Lippen.

„Ja!" Ich verdrehte mich, testete noch einmal die Fesseln, spürte, dass ich sie zerreißen konnte, wenn ich meine Kräfte sammelte. Ich wollte meine Hände in seinem Haar. Ich brauchte es, die Kraft in seinen Schultern zu spüren und die Kanten in seinem Rücken, während er mich füllte, mich weit dehnte, zum ersten Mal in mein begieriges Fleisch pumpte und mich für immer an sich nahm. „Ich will dich berühren."

„Noch nicht." Seine Hände drückten meine Knie weit auseinander, und ich wusste, dass er zwischen ihnen kniete, meine Pussy direkt im Blick. Die kalte Nachtluft blies über die empfindliche Stelle, verdeutlichte mir, wie offen und ausgeliefert ich ihm war. Er konnte alles an mir sehen. Mich hören, spüren.

„Du bist so verdammt wunderschön." Die Hand, die an der Innenseite meines rechten Knies ruhte, glitt geschmeidig an meinem Innenschenkel entlang, um mich sanft zu erkunden. Ich wollte aber nichts Sanftes. Ich *brauchte* mehr, ich brauchte es, gefickt zu werden, zu wissen, dass ich ihm gehörte, zu *spüren*, wie er mich dominierte, mit seinem Schwanz füllte und zu seinem Eigentum machte.

„Bitte."

„Sag meinen Namen." Er dehnte mich langsam, diesmal mit drei Fingern, als wollte er mich auf seinen Schwanz vorbereiten, während der Daumen seiner anderen Hand auf meinen pochenden Kitzler drückte.

„Kade." Ich wand mich unter seiner Berührung, bemühte mich, mehr von ihm aufzunehmen, mehr zu spüren.

„Sag es noch einmal." Er pulsierte in mir aus und ein, diesmal kräftiger, mit den Fingerspitzen an meinen Muttermund stoßen. Und er war heiß, so heiß. Die Hitze, die sein Körper generierte, strahlte ein paar Meter weit aus wie ein Lagerfeuer. Sie schmolz meinen Widerstand, umhüllte mich mit Lust.

„Kade. Bitte." Das Knurren in meiner Stimme überraschte mich, aber ich musste mich nicht zurückhalten, brauchte mir bei ihm keine Sorgen darüber zu machen, die wilde Seite meines Verlangens zu zähmen. Stattdessen ließ ich die Leidenschaft hervortreten, aus dem tiefen, dunklen Ort, den ich immer gemieden hatte. Ich hörte auf, mich zu wehren, und ließ ihn tief in meine Seele blicken, als ich ihn wieder und wieder anflehte, mich zu nehmen, mich zu ficken, mich zum Kommen zu bringen.

Mit einem Knurren senkte er seinen Kopf an meine Pussy und badete sie, verschlang und kostete mich mit seiner Zunge und seinem Mund, bis ich wieder zerbarst, seinen Namen schluchzte, höher und höher wirbelte, bis ich keine Kontrolle mehr hatte. Ich war Hunger ohne Bewusstsein, pure animalische Lust. Nichts würde mich nun befriedigen außer seinem Schwanz, tief bis an die Eier in mir vergraben, in meine Pussy pumpend so hart und schnell er konnte, mich mit seinem Samen füllend und ein für alle Mal an sich reißend.

Mit einem Schrei riss ich meine Hände aus den Fesseln über meinem Kopf, riss mir die Augenbinde ab und vergrub die Finger in seinem Haar, presste ihn an meine Pussy, während seine Zunge tief zustieß und sein Knurren an meinem Kitzler vibrierte wie ein Vibrator auf höchster Stufe.

Ein weiterer Orgasmus krachte über mich und trieb mich in den Wahnsinn. Ich brauchte ihn in mir. *Sofort.*

Ich wusste, dass meine Augen animalisch geworden waren, während unmenschliche Kraft in meine Glieder schoss und ich vorwärts sprang, ihn niederstreckte und unter mir auf die Matte festnagelte. Mein Triumph war jedoch nur kurzlebig, denn sofort hatte er mich in seine Arme geschlungen und sich wieder auf mich gerollt. Sein harter Schwanz presste an den Eingang zu meiner Pussy, und ich bäumte mich verzweifelt unter ihm auf.

Zur Antwort ließ er seinen Schaft an meinem nassen Eingang auf und ab gleiten, hielt uns beide hin.

„Sag meinen Namen." Ein weiterer Befehl, aber seine Stimme war rau vor Verlangen, vor der Anstrengung, die Beherrschung zu wahren. Ich wollte ihn aber nicht beherrscht haben, ich wollte ihn wild.

„Kade."

„Ich nehme dich in Besitz, Lily. Deine Jungfräulichkeit, dein Herz. Deine Seele."

„Ja", hauchte ich und streckte ihm die Hüften entgegen.

Mit einem geschmeidigen Stoß drang er in mich ein, dehnte mich, füllte mich so voll, dass ich fürchtete, vor Lust zu explodieren. Meine Innenwände zuckten um ihn, passten sich an. Er war so groß, so viel länger und dicker als seine Finger. Heiß, und doch hart wie ein Stahlrohr. Ich keuchte über den Eindringling auf, verrückte die Hüften, um ihn noch tiefer aufnehmen zu können, bis sein Körper über meinem bebte.

Er hielt nur ganz kurz still, küsste meine Schläfe und versicherte sich, dass es mir gut ging. Doch mit einem Mal übernahm sein Wolf die Überhand. Er hielt nichts zurück, füllte mich und zog sich zurück, ein menschlicher Kolben, der in meiner nassen Hitze aus und ein fuhr. Die Sexgeräusche von unserem Ficken erfüllten die Luft, vermengt mit meinen Lustschreien, seinem besitzergreifenden Knurren. Ich öffnete die Beine weiter und rieb meine Hüften an seinem Körper, warf mich jedem Stoß mit meinen eigenen Bedürfnissen entgegen. Unsere Finger verschränkten sich, und er hielt meine Hände zu beiden Seiten meines Kopfes gefangen, senkte den Mund, um mich zu küssen, während sein Körper in meinen stieß, wieder und wieder.

Seine Hitze wurde intensiver, als würde um uns herum ein Flammenmeer lodern, bis ich kaum atmen konnte. Zur Antwort stieg tief in meinem Herzen eine astrale Hitze hoch, um ihn für mich einzunehmen. Das Band. Wir waren nicht menschlich. Das hier war mehr als nur Ficken. Es war eine Paarung, eine Besitznahme. Das hier war unzerbrechlich. Für immer.

„Meins." Seine Augen leuchteten, während er fester zustieß, tiefer in das empfindliche Fleisch, und ich stöhnte unter ihm. Er grinste, und ich sah das scharfe Glänzen seiner Zähne im Mondlicht. Die Eckzähne waren länger als normal. Aber ich dachte nicht darüber nach, was das bedeutete, denn die Lust war zu groß. Doch als er seinen Kopf senkte und ich den scharfen Schmerzensstich am Schnittpunkt von Hals und Schulter spürte, da kannte ich die Wahrheit.

Das war die Besitznahme. Ich schrie vor Schmerz, versuchte, mich freizuwinden, aber es war sofort wieder vorbei. Eine grelle Hitze schoss durch meinen Körper, richtete sich gezielt auf meine Pussy, und ich kam noch einmal. So etwas hatte ich noch nie zuvor empfunden. Eine Verschmelzung, als konnte ich auch Kades Lust fühlen, als wäre die Verbindung zwischen uns endlich vollzogen. Wir waren Eins.

Gegen die Flutwelle der Empfindungen gab es kein Ankämpfen, während das Band sich verfestigte und wir in den Armen des anderen in Stücke fielen. Sein Schwanz pulsierte tief in mir, füllte mich und markierte mich mit seinem Samen.

Die Besitznahme war vollendet. Der Biss, der Samen tief in mir bewiesen das. Alle anderen Männchen würden Kades Markierung riechen können, das Mal auf meiner Schulter sehen. Ich gehörte ihm. Und ja! Er gehörte mir. Sein Schwanz war steif in mir, aber er löse den Biss auf meiner Haut, dann leckte er über die Wunde. Ich verspürte dort keinen Schmerz. Ich wusste, dass die Wunde dort verbleiben würde, aber sie schien rasch zu verheilen. Schließlich hob er den Kopf und blickte auf mich hinunter, während er Atem schöpfte. Blut war auf seinen Lippen. Mein Blut. Und tiefer unten, zwischen meinen Beinen, wusste ich, dass sein Samen auch mit meinem Jungfernblut eingefärbt war.

Ich gehörte ihm.

Und doch genoss ich das Wissen, dass er für immer mir gehörte. Keine andere würde ihm je den Kopf verdrehen oder ihn berühren, oder seinen perfekten Mund küssen, oder seinen riesigen Schwanz ungehemmt in sie pumpen spüren.

Mit einem Seufzen wartete ich, bis mein Herz wieder ruhiger schlug und mein Körper nicht länger kribbelte. „Ich liebe dich, Kade." Ich wusste, dass das verrückt war. Ich kannte ihn erst ein paar Tage, aber er war für mich da gewesen, hatte sich um mich gekümmert. Hatte mir das Gefühl gegeben, dass ich geborgen war, schön und verehrt. Wenn ich in seine Augen blickte, sah ich dort nichts als rohes Verlangen, Besitz, Begierde. Es war nicht Liebe, aber es war ein Anfang.

Immer noch in mir vergraben, übersäte er meinen Hals mit sanften, eindringlichen Küssen und arbeitete sich zu meinen Lippen vor, die immer noch geschwollen und empfindlich waren von seiner Beherrschung. Sein Daumen strich über meine Wange. „Ich liebe dich, Lily. Du gehörst nun mir. Für immer. Und ich werde dafür sorgen, dass du das auch weißt."

„Aber..." Noch vor sechzig Sekunden hätte ich schwören können, dass ich zu müde war, um mich zu bewegen. Aber als er seinen Schwanz in mir bewegte, dick und bereit für die nächste Runde, da wurde das Verlangen in mir wieder lebendig und ich bewegte mich ihm entgegen, neckte ihn, lockte ihn, hoffte, dass er mich noch einmal dazu bringen würde, seinen Namen zu schreien.

Meine Augen mussten wölfisch geworden sein, denn er lachte, bevor er sich herauszog.

„Was denn?" Ich griff nach ihm, aber er schüttelte den Kopf und rollte mich auf den Bauch herum. Ich spürte, wie sein Samen aus mir heraus triefte, wusste, dass ich wahrhaft markiert worden war. Meine Pussy schmerzte, aber ich liebte das Gefühl, wusste, dass es bedeutete, dass er mir gehörte. Dass meine Pussy definitiv *ihm* gehörte.

„Jetzt, meine Liebe, jetzt wird auch dein Wolf mich kennenlernen."

Als hätte ich—als hätte sie—da irgendwelche Zweifel.

Meine Pussy zuckte als Antwort auf seine Worte zusammen, und er vergeudete keine Zeit, hob einfach nur meine Hüften in die Luft und drang von hinten in mich ein. Mein Wolf heulte vor Lust, und ein seltsamer Laut entkam meiner Kehle bei der süßen Eroberung, sein Weg von seinem Samen erleichtert. Ich legte meinen Kopf auf die Matte und schloss die Augen, zufrieden damit, mich von ihm lieben zu lassen. Zur Abwechslung war das wilde Feuer in mir zu einer unterwürfigen Wärme gezähmt. Er war dominant, ein Wolf, und meins. Ich holte tief Luft und überließ mich ihm. Gab nach. Mein Wolf heulte geradezu vor Glück.

Er liebte mich mit langsamen, gemächlichen Stößen, hob meine Hüften, bis er den empfindlichen Punkt in meinem Inneren traf, von dem ich gar nicht wusste, dass es ihn gab. Ich jammerte wie eine Katze, so heiß, dass ich nicht denken konnte, nichts anderes tun als mich weiter öffnen und ihm entgegen drücken, versuchen, ihn zu schnellerem Tempo anzutreiben.

Er hatte Gnade mit mir und fasste um meine Hüften herum, um meinen

Kitzler zu streicheln, bis ich kam und seinen Namen sang.

Er pumpte noch drei Mal in mich, bevor auch er die Kontrolle verlor und mir zum Höhepunkt folgte. Heiße Spritzer seines Samens füllten mich, benetzten mich. Eine zweite Markierung. Fürs Erste befriedigt, zog er sich mit einem leisen Stöhnen heraus, legte sich neben mich und zog mich in seine Arme. Ich legte meinen Kopf an seine Brust und ließ die kühle Brise über meine nackte, kribbelnde Haut streichen. Mit einem zufriedenen Seufzen fasste ich nach oben und legte meine Hand an seine Wange, stupste ihn sanft an, bis er auf mich hinunter blickte mit seinen spektakulären Bernsteinaugen.

„Du gehörst nun mir, Kade. Für immer."

Er grinste mich an. Dieses wölfische Lächeln, das ich so sehr liebte. „Ja, Lily. Und du gehörst mir."

Ich stützte mich auf den Ellbogen,

damit ich ihn küssen konnte, mit jedem Funken Liebe in meinem Herzen. Er ließ zu, dass meine weichen Lippen ihn erforschten, meine Hand über die Wölbungen und Ebenen seiner muskulösen Brust wanderte, über seine festen Bauchmuskeln...seinen stahlharten Schwanz.

Paarungsfeuer stieg zwischen uns auf, und ich lächelte, während ich ihn auf seinen Rücken drückte. Er hatte seinen Spaß gehabt. Jetzt war ich an der Reihe.

EPILOG

ily

„Ich weiß nicht, ob ich das schaffe", sagte ich.

Wir standen am Waldrand. Die Sonne verschwand gerade langsam hinter den Baumkronen, und das Licht brach sich im weichen Dunst des Sommertags. Es war wunderschön in diesem Wald, so ganz anders als die sanften Hügel von Tennessee. Ich hatte mich dort nie so heimisch gefühlt wie hier in Black Falls, doch das hatte überhaupt nichts mit Idaho zu tun, und alles mit Kade. Er war mein Zuhause. Wo er war, da konnte ich glücklich sein.

„Du schaffst das. Du musst nur auf deinen Wolf vertrauen", raunte Kade an meinen Nacken. Er war hinter mir, seine Arme um meine Taille geschlungen. Ich konnte seinen harten Schaft spüren, selbst die dicke Ader an seinem Schwanz, der sich an meinen Rücken presste. Ich wackelte mit den Hüften und lächelte verstohlen, als er stöhnte. Er senkte den Kopf und schmiegte sich an die Stelle, die er vor zwei Wochen gebissen hatte. Eine kleine Narbe war zurückgeblieben, eine richtige Markierung, die bewies, dass ich ein Weibchen mit Partner war. Aber ich wusste, dass jedes Männchen in Black Falls Kade an mir riechen konnte. *Ich* konnte ihn riechen. Und ich liebte das, wollte mich darin suhlen, mich an ihm reiben und seine T-Shirts tragen.

„Wenn du dich weiter so an mir reibst, dann werden wir uns nie verwandeln."

„Ach?", fragte ich und grinste, aber das konnte er nicht sehen. Ich legte meinen Kopf zur Seite, damit er meinen Hals besser erreichen konnte. Er kannte jede Stelle an meinem Körper, die mich scharf machte. Ich meine, schärfer.

Ich war nicht länger läufig, aber auf Kade war ich ständig scharf. Vielleicht lag das daran, dass ich Jungfrau gewesen war, aber nun war ich unersättlich. Ich wollte Kades Hände an mir, seinen Mund an meiner heißen Haut, seinen Schwanz tief in mir.

„Ich kann dir nichts verwehren, Gefährtin." Er beugte die Knie, schob seinen Schwanz an meine Pussy und ließ ihn an der Naht zu meinem Hinterteil entlang gleiten. Selbst durch mein Sommerkleid hindurch—er liebte das rosa Kleid an mir, das ich getragen hatte, als er mich zum ersten Mal gerochen hatte—fühlte ich jede

Unebenheit, jeden dicken Zentimeter von ihm.

Ich stöhnte, wollte mehr, wollte uns nackt haben. Ich liebte es, wenn er mich im Wald nahm. Gegen einen Baum gedrückt, oder auf dem weichen Moos. Es war wild und heilig, und mein Wolf heulte beinahe vor Lust. Ich tat es jedenfalls.

„Vielleicht kannst du mich ja erst ficken, und dann können wir laufen."

Ich spürte, wie er den Kopf schüttelte, dann legte er mir die Hand an die Hüften und wirbelte mich herum.

„Erst wirst du laufen. Ich werde dich jagen. Und wenn ich dich fange, dann ficken wir."

„Das ist kein besonders großer Anreiz, mir große Mühe zu geben", lachte ich.

„Das ist wahr." Seine bernsteinfarbenen Augen hielten meinen Blick fest, und ich sah das Feuer darin. Er wollte jetzt gleich ficken. Aber er versuchte schon über eine Woche lang, mich zum Gestaltwandeln zu bringen, und ich hatte mich zögerlich verhalten. Der Moment war gekommen. Ich wusste es, und er hatte recht, ich zögerte die Sache hinaus. „Wenn ich dich innerhalb von fünf Minuten einfange, dann bekommst du nur einen Orgasmus."

Gelächter sprudelte in mir hoch. Oh, das konnte er gerne haben! Einer war nicht genug. Nicht annähernd genug mit meinem Gefährten, diesem Mann, der mich mit Körper und Seele erobert hatte. „Wenn ich es zehn Minuten lang schaffe, dann musst du deinen Mund an meiner Pussy behalten, bis ich dir die Erlaubnis gebe, aufzuhören."

Jetzt war er mit Lachen dran, seine Hand tief in meinem Haar vergraben. Er lehnte meinen Kopf zur Seite und küsste die Bissspur an meinem Hals, als purer Beweis seiner Dominanz und seines Besitzanspruches. Dieser Zug war einfach nur gemein. Mein ganzer Körper schmolz dahin, und ich war mir nicht sicher, ob ich überhaupt fünf Minuten lang laufen können würde, geschweige denn zehn. „Du schummelst."

„Hör auf, es hinauszuzögern, und verwandle dich schon. Sei das, wozu du geboren wurdest, Lily."

Ich hatte mich bisher noch nicht verwandelt, hatte nicht einmal gewusst, dass ich ein Wolf war. Bis kurz vor der Besitznahme. Ich hatte ihn sich verwandeln sehen, von dem wunderschönen Mann, den ich liebte, in einen Wolf so dunkel wie die Nacht. Er war groß, sein Rücken reichte mir bis an die Taille, und er sah erbarmungslos aus, mit bösen Reißzähnen. Aber die Augen waren die gleichen, und ich wusste, dass er Kade war und mir niemals etwas tun würde. Mich nur beschützen mit diesen starken Muskeln, den fiesen Zähnen.

„Was, wenn mein Wolf kleiner ist als

deiner? Dann habe ich keine Chance", sagte ich schmollend.

Er grinste, und ich sah zu, wie seine Zähne länger wurden. „Ich hab Neuigkeiten für dich, Gefährtin, du hast sowieso keine Chance. Ich werde dich immer einfangen. Immer."

Das war mehr ein Versprechen als eine Drohung, und mein Wolf richtete sich stolz auf, voller Vorfreude und bereit dazu, frei zu laufen. Ich konnte spüren, wie knapp sie davor stand, aus meiner Haut hervor zu platzen. Ich hatte sie nun schon eine Weile unterdrückt, sie aus Angst zurückgedrängt. Es war an der Zeit, damit aufzuhören, ein Feigling zu sein. Und mit Kade an meiner Seite würde ich das durchstehen.

„In Ordnung", sagte ich und seufzte. „Na dann los."

Er ließ meine Hüften los, und ich trat zurück. Einmal, dann noch einmal.

Ich packte den Saum meines Kleides

und zog es mir über den Kopf, ließ es auf den Waldboden fallen.

Ich hörte seinen Wolf knurren, als er meinen nackten Körper bewunderte. Warum sollte ich auch Unterwäsche tragen, wenn er sie mir ja doch nur vom Leib reißen würde?

„Also, soll ich loslaufen?", fragte ich mit schelmischem Grinsen.

Sein Blick verschlang mich, jeden Zentimeter. „Verwandle dich, Gefährtin. Wir werden diesmal gemeinsam laufen."

„Ich liebe dich", sagte ich, und die Worte gingen mir mit Leichtigkeit über die Lippen.

Verehrung erfüllte seine Augen, und er trat näher, umfasste mein Kinn, streifte mit seinen Knöcheln über meinen Nippel.

„Meine Gefährtin. Mein Herz", sagte er, mit Intensität in der Stimme.

Er trat zurück und ließ die Hand fallen. „Ich sehe dich, Lily. Zeig mir deinen Wolf."

Die Verwandlung hatte nichts damit zu tun, sich anzustrengen, um die Veränderung herbeizurufen. Als ich endlich losließ, da verstand ich erst, dass es darum ging, mich dem hinzugeben, was ich in mir trug. Ich war wild und mächtig, verwegen und beschützend. Ich ließ los, hörte auf, mich zurückzuhalten, und mit einem Mal war alles anders.

Es fühlte sich an wie Fallen, als würde ich im Kreis wirbeln, bis mir so schwindelig war, dass ich auf die Knie gehen musste, um nicht umzufallen. Ich landete auf dem Boden, harte Erde und dicke Blätter unter meinen Handflächen. Der Schwindel brachte meinen Kopf durcheinander und ich schloss die Augen. Ich hatte Angst, dass ich das Bewusstsein verlieren würde, als Feuer durch meinen Körper schoss, als würde ein Schweißgerät jeden meiner Knochen einzeln nachzeichnen.

Und dann war es vorbei.

Ich öffnete die Augen und

vermutete, dass ich lächelte, aber ich konnte mir nicht sicher sein. Ich blickte hinunter und sah braun-gelbe Pfoten. Ich drehte mich herum und sah den Rest von mir. Ich war wunderschön, eine wilde Mischung aus Schwarz und Gold. Ich blickte um mich, bemerkte, dass die Farben blasser waren, aber ich konnte *alles* riechen. Und ich wollte laufen.

Kade fiel vor mir auf die Knie, und ich erkannte, dass ich aus Wolfsaugen zu ihm hochblickte.

„Du bist umwerfend schön, Lily." Er streckte die Hand aus und streichelte mein Fell, und mein Wolf lehnte sich seinen starken Händen entgegen, wollte berührt werden, gestreichelt, geliebt. Ich war so stolz auf mich, so überschäumend vor Glück, dass ein scharfes Bellen aus meiner Kehle trat und Kade lachte, seine noch menschlichen Augen glitzernd vor derselben Freude, die ich empfand.

Wie ich solches Glück haben

konnte, das wusste ich nicht. Liebe erfüllte mich, jede leere Stelle, jede einsame Nacht, die ich je verbracht hatte—ausgelöscht. Kade gehörte zu mir. Er gehörte mir, war mein Gefährte, und er hatte ein Versprechen zu erfüllen.

Ich steckte vielleicht in einem Wolfskörper, aber mein Verstand funktionierte einwandfrei. Ich blickte auf die Armbanduhr meines Gefährten, merkte mir die Zeit und schnappte mit den Zähnen nach seinem Handgelenk.

Ich rannte bereits, als Kade mir nachschrie, sich eilig die Kleidung vom Körper zerrte.

Zehn Minuten. Er würde sowas von bezahlen.

WILLKOMMENSGESCHENK!

TRAGE DICH FÜR MEINEN NEWSLETTER EIN, UM LESEPROBEN, VORSCHAUEN UND EIN WILLKOMMENSGESCHENK ZU ERHALTEN!

http://kostenlosescifiromantik.com

INTERSTELLARE BRÄUTE® PROGRAMM

DEIN Partner ist irgendwo da draußen. Mach noch heute den Test und finde deinen perfekten Partner. Bist du bereit für einen sexy Alienpartner (oder zwei)?

Melde dich jetzt freiwillig!
interstellarebraut.com

Erobert vom Wilden Wolf

BÜCHER VON GRACE GOODWIN

Interstellare Bräute® Programm

Im Griff ihrer Partner

An einen Partner vergeben

Von ihren Partnern beherrscht

Den Kriegern hingegeben

Von ihren Partnern entführt

Mit dem Biest verpartnert

Den Vikens hingegeben

Vom Biest gebändigt

Geschwängert vom Partner: ihr heimliches Baby

Im Paarungsfieber

Ihre Partner, die Viken

Kampf um ihre Partnerin

Ihre skrupellosen Partner

Von den Viken erobert

Die Gefährtin des Commanders

Ihr perfektes Match
Die Gejagte
Tumult auf Viken

Interstellare Bräute® Programm: Die Kolonie

Den Cyborgs ausgeliefert
Gespielin der Cyborgs
Verführung der Cyborgs
Ihr Cyborg-Biest
Cyborg-Fieber
Mein Cyborg, der Rebell
Cyborg-Daddy wider Wissen
Die Kolonie Sammelband 1

Interstellare Bräute® Programm: Die Jungfrauen

Mit einem Alien verpartnert
Die Eroberung seiner Jungfrau
Seine unschuldige Partnerin
Seine unschuldige Braut
Seine unschuldige Prinzessin

Zusätzliche Bücher
Die eroberte Braut (Bridgewater Ménage)

ALSO BY GRACE GOODWIN

Interstellar Brides® Program: The Beasts

Bachelor Beast

Interstellar Brides® Program

Assigned a Mate

Mated to the Warriors

Claimed by Her Mates

Taken by Her Mates

Mated to the Beast

Mastered by Her Mates

Tamed by the Beast

Mated to the Vikens

Her Mate's Secret Baby

Mating Fever

Her Viken Mates

Fighting For Their Mate

Her Rogue Mates

Claimed By The Vikens
The Commanders' Mate
Matched and Mated
Hunted
Viken Command
The Rebel and the Rogue

Interstellar Brides® Program: The Colony
Surrender to the Cyborgs
Mated to the Cyborgs
Cyborg Seduction
Her Cyborg Beast
Cyborg Fever
Rogue Cyborg
Cyborg's Secret Baby
Her Cyborg Warriors
The Colony Boxed Set 1

Interstellar Brides® Program: The Virgins
The Alien's Mate
His Virgin Mate

Claiming His Virgin

His Virgin Bride

His Virgin Princess

The Virgins - Complete Boxed Set

Interstellar Brides® Program: Ascension Saga

Ascension Saga, book 1

Ascension Saga, book 2

Ascension Saga, book 3

Trinity: Ascension Saga - Volume 1

Ascension Saga, book 4

Ascension Saga, book 5

Ascension Saga, book 6

Faith: Ascension Saga - Volume 2

Ascension Saga, book 7

Ascension Saga, book 8

Ascension Saga, book 9

Destiny: Ascension Saga - Volume 3

Other Books

Their Conquered Bride

Wild Wolf Claiming: A Howl's Romance

HOLE DIR JETZT DEUTSCHE BÜCHER VON GRACE GOODWIN!

Du kannst sie bei folgenden Händlern kaufen:

Amazon.de
iBooks
Weltbild.de
Thalia.de
Bücher.de
eBook.de
Hugendubel.de
Mayersche.de
Buch.de
Bol.de

Hole dir jetzt deutsche Bücher von Grace Goodwin!

Osiander.de
Kobo
Google
Barnes & Noble

GRACE GOODWIN LINKS

Du kannst mit Grace Goodwin über ihre Website, ihrer Facebook-Seite, ihren Twitter-Account und ihr Goodreads-Profil mit den folgenden Links in Kontakt bleiben:

Web:
https://gracegoodwin.com

Facebook:
https://www.facebook.com/profile.php?id=100011365683986

Twitter:
https://twitter.com/luvgracegoodwin

ÜBER DIE AUTORIN

Grace Goodwin ist eine USA Today und internationale Bestsellerautorin romantischer Fantasy und Science-Fiction Romane. Graces Werke sind weltweit in mehreren Sprachen im eBook-, Print- und Audioformat erhältlich. Zwei beste Freundinnen, eine kopflastig, die andere herzlastig, bilden das preisgekrönte Autorenduo, das sich hinter dem Pseudonym Grace Goodwin verbirgt. Beide sind Mütter, Escape Room Enthusiasten, Leseratten und unerschütterliche Verteidiger ihres Lieblingsgetränks (Eventuell gibt es während ihrer täglichen Gespräche hitzige Debatten über Tee vs. Kaffee). Grace hört immer gerne von ihren Lesern.

www.ingramcontent.com/pod-product-compliance
Lightning Source LLC
LaVergne TN
LVHW011829060526
838200LV00053B/3948